妻を看取る

老コミュニストの介護体験記

有田光雄

Arita Mistuo

高文研

はじめに

八〇歳の坂をこえてからの妻の在宅介護はきびしい日々だった。が、同時に二四時間共生の珠玉の日々でもあった。文字どおりの少子高齢化時代、妻や両親の介護に直面する介護男性は増えつづけている。夢想もしなかった現実に直面して戸惑っている仲間たちに多少とも激励となり参考にもなればとの思いからこの体験記をつづってきた。

六年間の介護体験には激動の戦後をたたかいつづけてきた共産党員夫妻の生涯が投影している。自分史的要素を多分にふくむ第Ⅰ部の存在理由である。だが、本書の主体はあくまで第Ⅱ部の介護体験記にある。とりわけ、ショートステイへの月間症状報告は難病との具体的格闘記として医療・介護従事者のみなさんの参考になるにちがいない。

本書出版には編集部・真鍋かおるさんの無比の正確、親身なリードが大きな役割を果たしている。ここに記して謝意を表明したい。

二〇一八年　三月吉日

有田　光雄

＊——目次

はじめに　1

第Ⅰ部　レッドパージで始まった夫婦の道のり

＊学園民主化の嵐　11
＊出会い　12
＊日本共産党への入党　15
＊父との確執と就職　17
＊抵抗児　20
＊レッドパージ　22
＊朝鮮戦争の真実　24
＊救世主の妻　28
＊捨てる神に拾う神　30

✶妻の日本共産党入党　32
✶京都市に移転　34
✶離党のトラブル　37
✶再就職の前と後　39
✶「無音の想い出」　41
✶二足の草鞋　44
✶東京・新大久保に移転　46
✶統一戦線の旗　48
✶「安保」と「三池」　50
✶奇妙な泥棒　53
✶転宅カンパの冥利　55
✶ふたたび京都で　57
✶大衆的学習運動　59
✶京都学習会館の建設　62
✶社会の外科医たれ　64
✶茨木市に転居　67

＊民主的医療運動に参加　69
＊根性バネ　71
＊国政選挙に挑戦　73
＊五分の二の挑戦　76
＊人口比一パーセントの党　78
＊野中広務氏との一騎打ち　80
＊共倒れの衝撃　83
＊大恩は山より高く　85
＊嬉しい「証言」　88
＊不屈の歴史を受けつぐ　90

第Ⅱ部　妻を看取る——老コミュニストの介護体験記

＊仰天の酷知　95
＊在宅介護スタート　98

✴神も仏も　99
✴通所介護の初体験　101
✴わらをもすがる　104
✴「生きてるうちは頑張らんとなあ」　107
✴「押しつけ介護」との訣別　108
✴全肯定的・激励型介護への転換　120
✴一生懸命生きてます　121
✴「失ったものを数えるな、残ったものを最大限に生かせ」　125
✴集団力こそ原動力　128
✴利用者負担と訪問入浴　130
✴持久・対峙の相聞歌　139
✴笑顔の秘密　140
✴「戦友」の歌　142
✴ヘルパー真面目　144
✴生きてしやまむ　149

✴脳梗塞の発症 151
✴尊厳死の「宣言」 152
✴「胃ろう」の決断 155
✴介護の新段階 157
✴大病院ハシゴ体験 159
✴家族会議 162
✴目は心の窓 165
✴耐えて生きる 166
✴在宅介護の〝消灯ラッパ〟 178
✴苦闘の日々 180
✴最後のショートステイ 189
✴七度目の入院 191
✴緊急退院 193
✴旅立ちの刻 196
✴在宅介護六年を終えて 198

✴「ひとりじゃない」 201
✴最期のプレゼント 203

無名戦士の墓に眠る妻――「あとがき」にかえて

✴「無名戦士の墓」の由来 207
✴パリ・コンミューンの日 209
✴第七〇回合葬追悼会 211
✴無名戦士の墓と「ママちゃん」 212
✴「道はただ一つ」 214

装丁＝商業デザインセンター・増田絵里
カバー絵・山田由貴

第Ⅰ部

レッドパージで始まった夫婦の道のり

わたしの郷里は島根県邑智《おおち》郡君谷《きみだに》村（現・美郷《みさと》町）で「江の川《ごうのかわ》」に沿って走る三江《さんこう》線（二〇一八年三月末廃線になった）竹駅対岸の山裾に九軒ならぶ小部落だった。わが家は、わずか三反歩ほどの田圃と畑で暮らす小作農だった。しかし、一九二九年からの昭和恐慌の波に翻弄され、主に養蚕業に頼っていたわが家は壊滅的打撃をうけた。

この頃、国鉄山陰線江津《ごうつ》駅と広島県三次《みよし》市をつなぐ三江線が川本町まで伸びてきていた。食えない農業に見切りをつけた父は町の小さな運輸会社の労働者に転身した。

わたしが、一九四五年の敗戦を機に海軍士官の夢をあきらめて帰郷した頃のわが家は、日本通運川本支店長になっていた父と農作業を一手に引き受けて頑張る母、それに国鉄労働者の兄夫婦と高校生の弟の六人家族だった。

苦労人の父は、「これからの時代は学歴の社会だ」と言って、わたしを進学させてくれた。けっして余裕のある家計ではなかった。が、父には子どもに学問させるのが「遺産」だという信念があった。県立川本農林学校二クラス八〇人ほどの同級生のうちで進学したのはわたし一人だけだった。

学園民主化の嵐

一九四七年四月、南部和子と有田光雄の二人は、鳥取農林専門学校（現・鳥取大学農学部）の門をくぐった。敗戦後、まだ二年目の春のことである。前年一一月三日には新憲法が制定され、入学の年の五月三日に公布・施行された。また、教育制度の大改革で大学・高専での男女共学が実施された。

この年の新入生の中には、開学以来はじめて二人の女子学生がふくまれていた。一人は、農芸化学科で、もう一人が獣医畜産科の南部和子だった。全学の紅二点は、男女共学のシンボルとして新聞も大いに書きたてたし、また、男子学生のあこがれの的でもあった。

折から、大学・高専のキャンパスには、授業料値上げ反対や軍国主義教育の責任追及、あるいは学園自治をもとめる民主化運動の嵐が吹きまくっていた。一九四八年九月には全日本学生自治会総連合（全学連）が結成されている。わたしはまだ二年生のときに学生自治会委員長に就任した。立候補したわけでもなかったのに、あれよ、あれよというまに委員長に選出されていた。そして、ことわる理由もないまま腰をすえて運動の先頭に立った。ほとんど同時に当時の「青年共産同盟」に加盟して社会科学の学習を始め、マルクスの『共産党宣言』やエンゲルスの『空想から科学へ』などを読むようになっていた。

鳥取農専自治会では昭和二三年一〇月二一日、学園民主化を叫んで角倉校長の不信任を決議し退陣要求を提出した。……盟休予定日の午前九時から本校講堂で生徒大会を開き、その後の情勢を考慮し有田委員長から〝世論の支持のないストは意味がないし、上京中の委員からの電報によれば角倉校長は大学昇格への転換にあたり、文部省で適当に処置することになったし、一九日に開かれた父兄会でもスト回避をすすめられた〟と報告、激論ののちスト態勢はとかないが同盟休校は無期延期……（『鳥取大学農学部六十年史』教育文化出版教育科学研究所、一九八〇年、二八九ページ）

出会い

わたしは当時、理論らしいものは何も持ってはいなかった。が、連日のように大講堂で開かれた学生大会では一生懸命に演説した。ときに、ジェスチャーまじりに獅子吼《ししく》した。

自分でも何を言っているのか、よくわからないのだから聞いているほうはチンプンカンプンだったにちがいない。

ストライキ当日の朝には、市内の「樗谿《おおちだに》公園」に集まった数百人の学友たちにむかってアジ演説をやった。また、仲間といっしょに自転車にハンドマイクをつんで若桜橋のたもとで街頭演説もやった。聴衆は自転車で通りかかったおじさんただ一人。これが生涯を街頭演説に明け暮れたわたしの初陣だった。

後で聞いたことだが、大講堂を埋めた学生大会には、「南部さん、有田さんの演説を聞きにいこう」と誘う研究室の女性職員たちがいた。南部和子も学生大会で一生懸命に演説するわたしを見ていたのである。もしも髪ふり乱して演説するわたしを見ていなかったら、学科の異なる見知らぬ二人が結ばれることはなかったにちがいない。

一九四九年の早春のある日、わたしはあこがれの人あてに一本の電話を入れた。

「有田光雄ですが、お金をすこし貸してくれませんか」

一計を案じてのデートの誘いであった。ドキドキ、ハラハラ、運命の一瞬を待った。電話の向こうから、「いいですよ」と笑い声のＯＫが聞こえてきてホッとした。

最初のデートの場所がどこだったのか、もうすっかり忘れてしまった。あるいは、よく行った若桜通りの「ロゴス書店」だったかもしれない。わたしの前に現れたあこがれの人は、完全スッピンで紺色のコートに身を包んでいた。昔から「年上の女房は金の草鞋をはいてさがせ」というが、そのとき、わたしはまちがいなく金の草鞋を履いていた。この日からわたしたちの熱烈交際が始まった。

共学といってもマスコット的存在に近かった彼女らも一・二年たつと次第に学校になれ……南部が社研などで活躍した。このようなふんい気の中でロマンスが芽生えるのも自然の成り行きだろう。南部は、社研の仲間で自治会委員長になった有田光雄（農業土木二回生、共産党京都府委員会・経済政策委員長）と卒業後、まもなく結婚し、鳥大出身者同士では第一号の夫婦になった。（『毎日新聞』特集「男女共学スタート」一九七九年一月二〇日付）

そのとおりだが、ただ、「ロマンスが芽生え」というのは少し違うように思う。「芽生え」るというよりもつくったのである。チャンスは待つものではなくつくるものなのだ。

日本共産党への入党

一九四九年一月一日、わたしは日本共産党に入党した。

入党日をお正月にしたのは、これから生涯を共産党員として生きて行くのにきまりの良い日を選んでおけば、なにかと都合が良いに違いない、と考えたからである。学校あげての大闘争の先頭に立ったわたしが日本共産党に入党するのは自然の流れだった。とはいえ、それはけっして単純ではなかった。

入党勧告に、わたしはとても小林多喜二のような人間にはなれない、という理由で断った。小林多喜二の名作「一九二八年三月一五日」を読んで「なんと共産党員というのはスゴイ人たちなんだろう」と思っていたからである。

「江の川」を目の前にする小部落の土塀をめぐらした大きな家は地主さんの家だった。この家の前に養蚕用の桑の木が植わった小さな畑があった。それが、わが家の借地の一つだった。夏の頃、母は、幼いわたしを連れてその畑を耕しに出かけた。毎晩、星が出るころわたしを負ぶって家路についた。大きな家からは、すき焼きらしい良い匂いがしていた。

もう空には無数の星がきらめいていた。いまでもわたしの眼底には、汗びっしょりの母の野良着のかすり模様が焼き付いている。

わたしは、だんだんと「なんで自分の家は貧乏で地主の家は裕福なんだろうか」と考える少年になっていた。本が大好き、弱いものいじめが許せない、少々のことにへこたれない「なにくそ精神」、そして、ちょっぴりシャイな少年でもあった。

物心つく頃からは戦争に明け戦争にくれる毎日だった。

一五歳の夏に戦争が終わった。ラジオからは毎日、「真相はこうだ」という番組が流れていた。昨日と今日が反対になった。昨日までは、教壇から「この戦争はアジア解放の正義の戦争だ。一日も早く、天皇陛下バンザイと叫んで死ねる人間になれ」と、教え込まれていた。が、真相は正義の戦争どころか、他民族抑圧の植民地支配と侵略戦争だったと知ってビックリ仰天だった。

その年の一〇月、「獄中一八年」の日本共産党員たちがスクラム組んで出獄してきた。わたしは、「国賊、非国民」と迫害されながら反戦・平和と主権在民の旗を不屈にかかげてたたかいぬいた日本共産党を知って二度ビックリだった。こうした少年の日の体験が入党勧告の逡巡を打ち消した。そして、ママよとばかり日本共産党の隊列に参加した。

ときに一九歳の元旦だった。

父との確執と就職

一九五〇年三月、卒業の日が来た。

わたしは南部和子と、互いに手紙を絶やさないこと、学習を怠らないこと、定期的に『アカハタ』『前衛』誌を送ること、この三つの約束を交わして両親の待つ家に帰った。

折からアメリカ占領軍は、列車転覆の松川事件（四九年八月）その他の謀略事件をでっちあげ、それを日本共産党や労働組合が引きおこしたかのように大宣伝し、ファッショ的弾圧を強化していた。また、職場からは活動的な労働組合員が大量に「レッドパージ」されていた。

敗戦直後の、山陰の草深い山里での反共風土は尋常ではなかった。おまけに、旧ソ連の独裁者スターリンの「日ソ中立条約」の一方的破棄とか、旧関東軍将兵のシベリア抑留と強制労働などの悪行が共産党＝アカ嫌いを増幅させていた。

わたしは「貧乏人の子どもが教育を受けてアカになって帰ってきた」と評判になった。

ときに、四キロほども離れた駐在所のおまわりさんが自転車で走ってきてなにげなく家の前にいることもあった。

父は一八九四年生まれの〝明治の男〟で軍隊生活も経験した人だった。戦前の暗黒時代に共産党員がどんな目にあったかは知り抜いていた。こともあろうに、苦労して教育をうけさせた息子が「アカ」になって帰ってきた。可愛い息子がこの道を行けばどんな運命が待っていることか、絶対にやめさせねばと考えたとしてもけっして無理ではなかった。以下は一九五〇年四月二一日付けの南部和子宛て手紙の一節である。

……とうとう怖れていたことが起こってしまった。昨日の三時頃『前衛』四八号のとある論文を読んでいたところ、父はそれを私の手からむしり取って目の前で二つに裂いてしまいました。ふだんはとても温厚な父がまるで人が変わったようにこれほど怒り狂ったのを見たのは初めてでした。あらゆるバリザンボー。怒声、だけど僕はじっと耐えました。〝親でもない子でもない、アカを育てようとは思わなかった。去年の事件〈註〉の時、すぐに学校をやめさせるべきだった。今すぐに出て行け。恩知らず〟などと到底書き切れないほどです。……母は半狂乱でした。気が狂ったのではないか、ほんとうにギクリとするような状況でした。母は僕に取りすがってお前のようなアカを育ててお父さんに申し訳ない。出て行くんだったら私を殺してから行きなさい、と泣きました。……

下世話にもあるように、「可愛さあまって憎さ百倍」というがきびしい断絶の日々が、三月、四月、五月、と続いた。自分の居場所がなかった。ほんとうに辛かったが、たたけよ、さればひらかれんだ。

六月に入って家の前の麦畑で仕事をしていた朝だった。自転車の郵便配達人からついと受け取った封書、それがなんと農林省岡山農地事務局からの採用通知だった。天与のチャンスをえて農林省にパスしたのだ。当時の田舎で農林省に就職とは鼻高々で、父母の天にも昇る悦びは親孝行の喜びだった。

一九五〇年六月一三日夜、父母は親戚や近所の人を招いて送別会を開いてくれた。人々は口々にわたしの前途洋々を祝ってくれた。わたしは、その翌朝胸いっぱいに空気を吸いながら任地の岡山市に向かった。

〈註〉 去年の事件とは、学校当局はストライキ切り崩しのためにわたしの家族に圧力を加えてスト中止を迫った。だが、わたしは動じなかった。このときからわたしと父との確執がはじまった。

抵抗児

一九五〇年六月二五日、朝鮮戦争が勃発した。当時わたしは、岡山県の瀬戸内海岸、笠岡湾にのぞむ「農林省笠岡湾干拓事務所」に勤務していた。一〇日前の六月一五日に新規採用職員として赴任したばかりだった。

敗戦後、わずか五年目にはじまった新しい戦争に手をこまねいてはいられなかった。当時、わたしは組織的にはまったく孤立状態にあった。だが、「何かをしなければならない」と、わたしは宿直室に寝泊まりしていたから、誰もいないのを幸いに四つ切りのビラをつくった。二、三〇〇枚もつくったろうか、やがて、深夜、見知らぬ町の一戸一戸に犬に吠えられながらビラを入れて歩いた。この年の六月から七月にかけて『アカハタ』の発行禁止、デモや集会の禁止、アメリカ占領軍の政策への批判や反対は「占領政策違反」で軍事裁判をふくめ、きびしく弾圧されていた。アメリカ軍批判のビラなど撒いたらすぐに捕まった。

これはずっと後の話だが、何かの拍子にこのときのビラが本の間からハラリと出てきた。ビラは稚拙な文字だが、「侵略戦争反対！　アメリカ軍は帰れ！　武器の輸送を止めよう！

共産党を守れ！」などと訴えている。そして署名は「抵抗児」。

この日を期して、わたしは断固として反戦・平和の活動に乗り出した。まもなく組織とも連絡がついた。当時は会議なども歩きながらの連絡だった。

いまでも鮮明な記憶は、肩を並べた金東匡と名乗る連絡員（当時は日本共産党に所属する朝鮮人もいた）が、「いまや徳田球一、野坂参三は占領軍の庇護のもとに入った」と述べたことである。日本共産党を分裂させ北京に亡命して「北京機関」をつくった徳田書記長などのことをこのように報告したのだ。当時のわたしたちは、スターリンによる武装闘争の押しつけや党分裂の真相などはまったく知らないまま活動していた。それにしても徳田、野坂が「占領軍に庇護」とは、まさにチンプンカンプンだった。金の報告は、いわゆる日本共産党の「五〇年問題〈註〉」の混乱を示す末端の体験だった。後年、この時の戦争の火付け人はソ連のスターリンと中国の毛沢東の後押しで北朝鮮の金日成がひきおこしたものだったことがわかった。わたしが考えていたこととは全然逆だった。

〈註〉一九五〇年におこった日本共産党の分裂のこと。戦後再建された日本共産党は解放闘争の先頭に立った。が、党内には家父長的官僚主義や党綱領の未確定、さらには自主・独立の立場の未確立などの弱点があった。一九五〇年一月、スターリンによる一方的な日本共産党批判の論文が発表され党指導部の意見対立が拡大していた。徳田書記長らはアメリカ占領軍による六月六日の弾圧を契機に意見の違う中央委員を排除、連絡を絶って中央委員会を解体、党の分裂を決定的にした。

レッドパージ

わたしの農林省生活は長くは続かなかった。

この頃、当局による学生時代の活動状況とか現在の身辺調査が進行中との確報があった。はたせるかな九月一八日に岡山農地事務局に呼び出された。総務課長が学生時代の活動を根ほり葉ほり問いただしてきた。わたしは、当時の学園民主化のたたかいの正当性について述べた。

一〇月五日、電報で再度呼び出された。わたしを待っていたのは退職の通告だった。官房長室には威圧するかのように局長をはじめ幹部連中がずらりと並んでいた。そして、総務課長から学生時代の活動を理由に首切りが申し渡された。わたしは抗議した。総務課長は、当時、日本共産党と共闘関係にあった「労農党」の堀真琴代議士の弟さんだった。退室するわたしを衝立の陰によんで「占領軍の命令だから仕方がない。君はまだ若い。これに挫けないで頑張って欲しい」と激励してくれた。首切りの片棒を担いだ良心の呵責からのことだったと思う。

わたしは郷里の両親の嘆きを思って、胸がふさがれる思いだった。しかし、反面では、「やれやれ、なんだかスッキリ」という感じもあった。若さのせいだったのに違いない。

首切りから一週間後の一〇月一二日付けでわたしから南部和子に送った手紙は書いている。

ありがとう。君の励ましは僕にとって千人力をあたえてくれました。僕はどんなにたたかれて踏みにじられようとも、あの雑草の生命力で最期までたたかい抜く決意を固めています。この世の中でいちばん僕を理解し支持してくれている君のためにも。

僕はいま過去の政治活動を理由に現在真面目に働いている人間の首を切ることの不当不法を大いに糾弾してたたかっています。職場のみなさんは憤激しています。そして全面的な同情を集めています。……

わたしの抗議に対して、当局の首切り理由は拡大して、「主として学生時代の政治活動が馘首の理由だが、その後各種の情報を総合した結果」と言い出して職場から切り離すための策動が大きくなっていた。だが、状況は決定的に不利だった。第一、「反共」幹部の支配する全農林省労働組合はビクともしなかった。また、「五〇年問題」の渦中にあってか、肝心の党からの連絡もプッツリだった。わたしがやっとの思いで就職した農林省の職場にいたのはたった四カ月たらずで、出頭命令を聞いたときはいよいよ来るものが来たか、という感じだった。が、不思議なことに一向にくよくよするようなことはなかった。きっと、冒険心にみちた若さのせいに違いなかった。が、それよりも何よりも一番身近な「戦友」の存在だった。

朝鮮戦争の真実

当時の日本共産党は、まだいまのような自主・独立の立場を確立していなかった。なにしろわたしたちには、スターリンと言えば太陽のような存在だったし毛沢東は英雄だった。それは、一九五二年二月誕生の長男に、ヨシフ・ビサリオノビッチ・スターリンのヨシフをとって「芳生《よしふ》」と名付けた愚行をみてもうかがえよう。いつか「名前変えたらどう？」と言ったら、「イデオロギーが元気だった頃の名残で好きな名前だからいい」と答えた。慚愧《ざんき》に堪えない。

日本共産党の党史が、朝鮮戦争の真実を白日にさらすまでには実にソ連共産党崩壊の一九九一年八月からさらに三年の日時が経っている。旧ソ連崩壊を経ていろいろな資料が公開されるようになってから研究が本格化したのである。試みに、朝鮮戦争についての日本共産党の認識がどのように変化・発展したか、党史の記述から探ってみることにしたい。

◆「一九四八年九月九日に成立した朝鮮民主主義人民共和国にたいする侵略戦争の準備の完了を急いでいたアメリカ帝国主義は……六月二五日、わが国を前進基地として朝鮮への侵略戦争をはじめました」（『日本共産党の四十五年』日本共産党中央委員会機関紙経営局、一九六七年、六九ページ）

◆「アメリカ帝国主義は、六月二五日、朝鮮での侵略戦争を開始した。朝鮮では、一九四八年九月、北半分に朝鮮民主主義人民共和国が成立していたが、これを米・『韓』の連合兵力で撃破し、朝鮮半島全体をその支配下において、社会主義陣営の東方の一角に打撃をあたえようというのが、アメリカ帝国主義の野望であった」（『日本

共産党の五十年』日本共産党中央委員会出版局、一九七二年、一三三ページ）

◆「この間、五〇年六月、朝鮮戦争がはじまった。アメリカ帝国主義がこれに介入して『国連軍』の名で参戦した。アメリカ帝国主義の介入とともに、日本は全土がその前進基地とされ、……」（『日本共産党の六十年』日本共産党中央委員会出版局、一九八二年、一三四ページ）

◆「この間、五〇年六月二五日、朝鮮を南北に分断する三八度線で軍事衝突がおき、翌六月二六日、金日成首相は放送演説で『売国逆賊李承晩かいらい政府の軍隊は、六月二五日三八度線の全域にわたって共和国北半分地域にたいする全面的な攻撃を開始しました。』と、南部全面開放をめざす戦争に、全人民が決起することを呼びかけた。こうして、全面的な内戦がはじまった」（『日本共産党の六十五年』日本共産党中央委員会出版局、一九八八年、上巻一三五ページ）

◆「この間、一九五〇年六月二五日、朝鮮を南北に分断する三八度線で大規模な軍事衝突がおき全面的な内戦がはじまった。……この内戦は、実際にはスターリンの承認のもとに、北朝鮮の計画的な軍事行動によってはじめられたものであった。北朝鮮の軍隊は、南朝鮮軍の不意をついて急速に進撃し、三日後の六月二八日にはソウルを、七月二〇日には大田を占領、……中国も九月に入って、『義勇軍』の名で北朝鮮を支援して内戦に介入し、ソ連軍もひそかに関与した」（『日本共産党の七十年』新日本出版社、一九九四年、上巻二三二ページ）

◆「党が分裂の危機に瀕していた一九五〇年六月、朝鮮半島では、朝鮮を南北に分断する三八度線で大規模な軍事衝突がおこり、全面的な内戦がはじまりました。この内戦は、スターリンの承認のもとに北朝鮮の計画的な軍事行動によってはじめられたもので、北朝鮮の軍隊は、開戦三日後にはソウルを占領し、八月はじめまでに、朝鮮半島の東南端の一角をのぞき、半島全域を占領するにいたりました。国連安全保障理事会は内戦がはじまった二日後の六月二七日、ソ連が出席をボイコットしたもとで、〝国連軍〟の派遣を決定し、アメリカ軍は〝国連軍〟の名で朝鮮の内戦に軍事介入しました」（『日本共産党の八十年』日本共産党中央委員会出版局、二〇〇三年、一一三ページ）

日本共産党が真相を全面的に明らかにしえたのは、実に四〇年も経ってからのことだった。ここには、権力による情報統制・操作の最悪の事例がある。ローマ法王庁がコペルニクスの地動説を承認するまでには三六〇年以上もかかっている。それよりは、うんと短いにしても、なにごとによらず事物の正邪には人間の運命がからんでいる。

救世主の妻

「たった半年でクビになるとは、前を向いて歩けない」と、郷里の父は激怒し母は嘆き悲しんだ。帰郷するわけにはいかず、身の置き場がなかった。労働組合は芯が抜かれていて全然当てにはならなかった。金もなかった。そのわたしを救ってくれたのが、南部和子だった。一〇月八日付けのわたし宛ての手紙は書いている。

……今後の方針について……。これを機会として職業革命家になりきること、踏みきりに相当の勇気がいることと思いますが私は耐える事ができます。私が下宿したらすぐにでも私のところに来て下されば私のサラリーだけでも二人くらいなんとかやってゆけます。……

わたしがどれほどこの手紙に励まされたか想像できるだろうか。それは文字どおり三面六臂の摩利支天《まりしてん》の声だった。

南部和子は、山口県日置《へき》農林高校の教師をしていた姉夫妻の斉藤良平・美智子に頼って身の置き場をつくってくれた。そして一九五〇年一一月一二日、薄暗い電灯の照らす六畳ほどの高校宿直室で結婚式のまねごとをした。

姉の美智子「明日の夜、結婚式するから帰ってきなさい」

「うん、できるだけ早く帰る」

と、言ったかどうか。待てどくらせど帰らない。一時間、二時間。やっと「ただいま」と言ったのは、たぶん、もう午後九時を過ぎた頃ではなかったかと思う。

「おめでとうございます」

「ま、いろいろあっても二人で力を合わせて頑張りなさい」と義兄の良平。

参会者は、義兄夫妻と、わたしの兄、有田勇の三人だけ。お祝いのメニューは、すき焼きと父にかくれて母が送ってくれた紅白の餅だった。敗戦五年目のこと、ビールなどという上等なものはなかった。が、義兄が苦労して手に入れてくれた酒で乾杯した。

みんな初対面だからはずむ話もなかった。もちろん新婚旅行など夢の世界だった。わたしはいまでも、一九五〇年以後の「活動手帳」は全部保存している。この晩のことは「あ

あ なんと!」とだけ書いている。

畏友の妻は、当時、山口県下関市長府町《ちょうふ》松小田《まつおだ》にあるお寺、福昌寺に下宿していた。おそらくは日本一簡素な結婚式を終えた翌日、二人でお寺に帰った。

この日、一九五〇年一一月一三日のことである。事情を全然理解できない住職の山崎金龍さんは、「南部さんが男をつれこんだ」と怒って、「すぐに出ていきなさい!」だった。

それでも、その夜だけは泊めてくれた。が、それからが大変だった。

捨てる神に拾う神

一九五〇年一一月一四日、もう、記憶にないがどこから都合してきたのか、リヤカーにトランクや布団をくくりつけて長州街道に並ぶ家々を一軒ずつ家捜しして歩いた。どこもかしこも、けんもほろろの扱いだった。が、「松小田」から「先八幡《さきやはた》」という土地にさしかかって戸をたたいたのが、「坂口末次郎」という表札のかかったお宅だった。坂口さんは小さな建設会社を経営されていてご夫妻ともにもう四〇歳は過ぎていられたはずである。わたしたちの難渋の姿に同情してくださったのか、土間向かいの三畳の板張りの部屋を貸してくれた。なお、坂口さんは後年、下関市屈指の大建設業者になられた。諺に「捨てる神あれば拾う神あり」というがまさに図星というべきか。

山際の家の頭の上を国鉄山陽線の線路が走っていた。表通りから戸を開けて入ると土間、そして右側の一角の障子を開けると板張り三畳ほどの小さな部屋がある。ここが、われわれの新居になった。布団は、北側の一角に積んでカーテンで隠した。家具といえば和子の小学生時代からの座り机だけでミカン箱を二つ重ねて物入れにした。道路際にある小窓をあけるとすぐに道路だった。道路は砂利道だったから、風の強い日には容赦なく砂がはいりこんで部屋中がジャリジャリになった。ともかく、狭いながらも楽しい我が家だった。

わたしも遊んでいるわけにはいかなかった。坂口さんの斡旋で一二月一日から神戸製鋼の構内で大林組下請けの仕事にありついた。鉄筋運びやパネル（構造物の外延を囲む型枠のこと）整理の肉体労働である。軟弱な体ではとても続かない重労働だった。

毎日、新しい軍用手袋が必要だった。朝、新しい手袋をつけても、パネルには、カチカチにとがったコンクリート片がこびりついていて、その尖った先が手袋の糸を切断するために夕方にはボロボロになった。一日あたり二〇〇円の賃金では、手袋を買うお金も馬鹿にならなかった。気張って働いたので、いぼ痔になった。肛門が腫れ上がってまるで電球のように飛び出していた。こうなると歩くことはできない。当然、仕事は休みである。狭い部屋に一人で横たわっていると熱い涙がとめどなく流れ落ちて枕をグッショリと濡らした。

妻の日本共産党入党

妻は、ここから関門海峡を眼下に走るチンチン電車で毎日、下関市の唐戸市場《からといちば》の近くにある保健所に通勤した。仕事は環境衛生監視員だった。毎朝、忙しく朝ご飯の支度をして電車に飛び乗って職場にでて夕方まで仕事、それから帰宅して晩ご飯を食べた後、小さな机に向かい合ってピーナツをつまみながら学習した。

妻の給料は、月六〇〇〇円ほどだった。わたしの日給が二〇〇円で貧しかった。日曜日の天気のいい日には二人で海岸に出た。そして潮のひいた砂浜で貝掘りをした。クワでトントンやるとピ〜と裂け目ができた。そこを掘ると大きな白貝がとれた。しじみ貝は豊漁だった。晩ご飯のおかずの調達だった。

妻は、一九五一年三月一日に日本共産党に入党した。わたしは、この日のことを日記で次のように書いている。

一九五一年三月一日（木）　晴後小雨　いよいよ春本番。だが風はまだまだ冷たい。冷たい北風の中で終日ペダルを踏み続けた。〈註〉生きるためのたたかい（私生活）とよりよく生きるためのたたかい（組織生活）との弁証法的統一が大切だ。

この日、わが家の歴史的事件—妻・和子が入党手続きを完了。あらためてわれわれの陣列に参加することになった。脱落・転落のあいつぐこの時期によくぞ踏みきったものと思う。彼女の素晴らしい自己変革に万歳！　僕たちは固いスクラムでたえまないたたかいに突き進んでいく。実際、こういう嵐の時代のきびしいときに人生の重大な選択への決断はけっして容易なことではないのだ。今日は、われわれの生涯のひとつの記念すべき日となった。夜、K君に便り。のち読書。北風よ去れ！

一九五一年といえば、前年六月に朝鮮戦争が起こり、『アカハタ』の発行禁止、デモや集会の禁止、全国労働組合連絡協議会（全労連）の解散、レッドパージ、さらには、国会議員をふくむ全中央委員の公職追放などと日本共産党への激しい弾圧がつづいていた。しかも、この大変な時期に、日本共産党はソ連、中国の武装闘争押しつけの干渉のもと、党中央の解体と組織分裂に陥っていた。党に絶望して離党した党員も多く、党員数も四九年当時の数分の一程度に激減していた。こんな時代の入党がどんな意味をもつのか、歴史の目は温かく見つめている。

わたしたちは、日本共産党山口県委員会の長府町細胞（支部）に所属して党活動をするようになった。選挙戦でのビラまきやメガホンでの街頭宣伝、それに一九五〇年三月にストックホルムでひらかれた世界平和擁護大会が核兵器禁止をもとめて提唱したストックホルムアピールの署名活動など、けっこう多忙な日々がつづいた。

〈註〉大林組の日雇いは年内でうち切りだった。新年、わたしは党細胞（支部）の斡旋で松小田配給所の配達夫として働くようになった。当時はまだ米は配給制度で、三町内六〇〇世帯をカバーする米と薪炭、雑穀類を扱う従業員五人の販売店だった。わたしは終日、自転車の後ろに商品をくくりつけて往ったり来たりした。

京都市に移転

京都という土地には大きな魅力があった。京都は和子の生まれた土地であり、それに、一九五〇年四月、はげしい反共攻撃にたちむかい「反共は戦争前夜の声」と反撃して、みごと京都府知事に当選した蜷川虎三《にながわとらぞう》（一八九七〜一九八一）知事のいる革新の土地だった。

その京都に移るチャンスが訪れた。京都市の伏見桃山《ふしみももやま》にある「微生物科学研究所」から、技術者の補充検討中のため就職希望の有無を知らせよとの書面が届いたのである。妻は日本女性獣医師の草分けだった。だから希少価値でスカウトの対象になったのである。

一九五一年五月二六日、妻は坂口家と下関保健所に別れをつげて旅立った。一カ月後の六月二三日、わたしも後を追って下関市を去った。

京都市に住む和子の叔母は、母・菊野の妹である。当時、京都市の大宮松原《おおみやまつばら》で染め物工場を経営していた。早くに夫を失い、女手ひとつで五人の子どもを育てる女丈夫だった。叔母の依頼で京都市・西京極《にしきょうごく》から来ている職人の内藤さんのお宅の二階・六畳の間に置いてもらうことになった。

家の一階、西側が小さな染め物工場になっていて、二階は、その一角の階段から上がるようになっていた。簡単な流しの付いた炊事場も、その階段の下にとりつけられていた。トイレは、お家のものを使用させてもらった。また、お風呂はいつも貰い風呂だった。家財道具といえば小さな箪笥と小さな本立て、丸い小さなちゃぶ台くらいなものだった。こうして二人の京都生活が始まった。妻・和子の勤務先の「微生物科学研究所」は、阪急電車の西京極駅から四条大宮駅に至り、市電乗り換えで京阪《けいはん》四条《しじょう》→京阪伏見桃山駅と乗り継いで約一時間の所にあった。京都に憧れて京都に来たのは良かった。が、職場はたいへんだった。犬の頭にドリルで穴をあけてワクチンをつくる仕事など、猫や犬が大好きな妻には耐えられなかった。

より深刻な問題は、完全無職のわたしだった。毎日、職探しと党組織探しに出歩いた。党組織と連絡がとれれば、何とかなるかもしれないと思ったが、皆目、見当もつかなかった。

字の下手なわたしは妻に履歴書を清書してもらった。その履歴書を持ってお金がなかったから見知らぬ街をズック靴をはいて歩き回った。

ここはと思うところに飛び込んで就職をお願いした。が、どこの馬の骨ともわからぬ男にうまい話が転がっているわけがない。当時の日記から訪れた企業名をあげて見ると、平和生命保険会社、愛知中小事業協同組合、山城無尽、産業経済通信社、日本広告通信社、大和建設、水野建設、繊維日々新聞、関西報知新聞……。これらの大部分は、『京都新聞』

の求人欄からのものだった。

背に腹は代えられぬ。お金になるところでさえあればなんでもいい、というわけだったが結局はみんな駄目だった。

離党のトラブル

一九五一年六月二八日、河原町通《かわらまちどおり》五条《ごじょう》下がったあたりを歩いていて、偶然に「延寿寺」というお寺に間借りしている日本共産党京都府委員会を発見した。猛烈な雨だった。「ヤレヤレ」と、本堂の縁側をお借りして弁当を食べて煙草を一服吸った。やっと就職の可能性がひらけるかもと嬉しかった。

それから、やおら事務所を訪ねて、日本共産党山口県委員会からの「信任状」を差し出した。三人の男がいた。一人は、本堂の畳の上に広げた垂れ幕にスローガンを書く作業の真っ最中だった。わたしの「信任状」を受け取った男はしばらくして、「これは受け取れぬ」と言った。「何故だ？」と聞いたら、「お前はアメリカ帝国主義のスパイに違いない」と答えたので心底驚いた。何を証拠にそのようなことが言えるのかとやり合った。が、彼は「信任状」を目の前で破り捨てた。

この頃、党は「五〇年問題」の渦中にあった。わたしの「信任状」は山口県委員会発出だったから、いわゆる「国際派〈註〉」。京都の党は、後にスターリン支配下の「北京機関」をつくった「徳田・野坂派」で互いに血で血を洗ういさかいの真っ最中だった。結局、喧嘩別れだった。

党から離れた日（正確には離された日）、それから、西陣《にしじん》の職業安定所に足を運んだ。「求職受付票」には、「有田光雄　二一歳、希望職業、中分類　0―4―2」と登録された。雨の中、帰宅は五時半だった。和子の帰宅は八時半。この間、わたしはレーニンの「何をなすべきか」を読みながら待った。

こうして、党員転籍さえできればなんとかなるかも、との淡い期待は粉々に砕け散った。

〈註〉党中央の解体と党分裂という事態にあたり徳田・野坂分派によって排除された宮本顕治、蔵原惟人ら七人の中央委員は、党の統一回復のために一九五〇年九月、公然機関の全国統一委員会をつくった。山口県党組織をふくむ中国地方党組織は全国統一委員会に結集した。一九五一年一月、コミンフォルム（ヨーロッパ共産党・労働者党情報局）の機関紙上にオブザーバー署名の「日本の情勢について」が掲載された。党中央政治局は宮本顕治らの反対を押し切って『日本の情勢』についての所感」を多数決で決定した。一般にこのときの多数派を「所感派」、少数派を「国際派」と呼んだ。

再就職の前と後

一九五一年の七月中頃、妻が最初の子どもを身籠もっていることがわかった。ひどいつわりが続いていた。解剖台にひろげられた動物の生体の匂いは耐えられなかった。しかも、長時間労働と労働強化が極端で労働基準法はないのと同じだった。毎日の退勤時間は七時、八時はざらだった。

「こんな会社は辞めるしかない」と思い切って退社することにした。結局、この職場は単なる中継点に終わった。

二人ともにルンペンになった。ニッチもサッチもいかなくなっていた。

鳥取県には戦前から石破、米原、安東の三大名家があった。安東家長男の義父・太郎は、この頃のわたしたちとは疎遠だった。

娘の苦境を見かねた慈母の安東菊野〈註〉のたっての要請で義父が動き出した。友人の元・鳥取県議で、京都府「労働経済研究所」所長・大橋安正氏に就職依頼をしてくれたのである。京都市中京区富小路《なかぎょうくとみこうじ》にある研究所は、当選直後の蜷川知事がシンクタンクとして新設、京大時代の教え子だった大橋氏を初代所長に任命していた。わたしは研究所に何回か大橋所長を訪ねた。研究所には大きな本立てに蔵書がギッシリの部屋がいくつもあった。本好きのわたしはその棚にふれながら「いつかこの職場に来たいな」と思った。

義父からの依頼をうけた大橋所長は、こんどは京都府・周山《しゅうざん》土木工営所の上坂春樹所長に就職依頼をしてくれた。それが、うまくいって一九五一年九月七日、月給六〇〇〇円の臨時職員に採用された。

一〇月一日、内藤家を引き払って北桑田《きたくわだ》郡黒田村広河原《ひろがわら》の周山土木工営所・広河原出張所の二階に転居した。職員はわたしをふくめて全部で三人と、他に建設会社の社員が二人ほど。和子は大きなお腹を抱えて、翌日から賄い婦の仕事についた。炊事場の裏手を出ると小川が流れていてお米を研いだり野菜を洗ったり、洗濯などは全部この川でやった。事務所には、しょっちゅう大勢の人が出入りした。和子はその食事を全部調えねばならなかった。

雪が深いので、冬になると事務所は閉鎖となった。そして職員はみんな周山町の工営所に引き揚げた。わたしたちも借家に転居した。が、屋根が腐っていて台所は猛烈な雨漏りで傘をささないと駄目な家だった。ドアを開けるとすぐに三畳の間。障子を隔てて六畳の間があり、道路側に暗い土間の炊事場。トイレは外に出て雨の日は傘をささないと使えない酷いものだった。もちろん、お風呂も家主さんからの貰い風呂だった。

一九五二年二月、わたしたちの長男・有田芳生はここの三畳の間で生まれた。春になって雪がとけると、わたしはまた広河原の出張所に出向いた。その間、和子は芳生との二人暮らしだった。この頃、夕刻になるとＮＨＫのラジオ歌謡「雪の降る街」が流れていた。薄暗い雨漏り盛んな陋屋《ろうおく》での親子二人きりの淋しい暮らしが続いた。

〈註〉和子の母・菊野は再婚に際して二人の娘のどちらかが実家の南部家を継ぐことを期待して南部姓のままにすることを条件にした。が、二人ともに嫁いだため結局は姉・美智子の次男が南部家を継いでいる。

「無音の想い出」

「想念を働かせ時間をさかのぼる。こころのなかに、ある風景がだんだんと像をむすんでくる。緑の草地、甘い土の香り。池から流れ出る小川のせせらぎ。しかし、そこには音がない。無音の世界。まだ二〇代だった母がいる。突然の暗転。黒蛇に足を噛まれた母のところに父が駆けつける。傷口をしめつけるハンカチの白さ。明るい自然を背景に浮かび上がるひとつの記憶。わたしが四歳の時の想い出だ」（有田芳生『闘争記』教育史料出版会、二〇一〇年、一三八ページ）

それは一九五五年秋のできごとだった。わたしの臨時職員期間は一年ほどで終わり、一九五二年一〇月、晴れて京都府農林部の職員に採用され、北桑田地方事務所農地課に所属する農業土木技師として水路や農業用水取り入れ井堰《いせき》などの設計、施行の仕事にあたっていた。

わたしは毎日のように事務所からわが家までの自転車を漕ぎながら「いつになったら、あの峠を越えることができるのかな～」などと、遠くに見える峠を見つめていた。やがてその日が来た。

一九五三年四月、福知山《ふくちやま》市の「豊富《とよとみ》用水改良事務所」に転勤となった。翌五四年六月には事業が竣工して新しく「堀井口堰」建設工事のために福知山市役所に出向を命じられた。わたしは市役所に一室を与えられて取水堰堤の設計に従事した。現在も、健在している京都府福知山市の土師川《はぜがわ》を横断する「堀井堰」は、当時のお金で一億円をこえる大きな仕事だった。これは技術者時代のわたしが設計した構造物である。

福知山市時代のわたしたちは福知山市岡の上の柴田家二階の八畳間とか、近所の塩見家の土間を隔てた一〇畳の部屋に住んだりしていた。が、福知山市出向のおかげで一九五四年一〇月三〇日には前田地区に新築の府営住宅に入居することができた。

府営住宅は、六畳二間に小さなキッチンがついていた。お風呂は無かったから自転車に子どもを乗せて市内の銭湯に出かけていた。片道二〇分はかかった。帰途にはすっかり冷え切っていた。こんなときにどれほど、「この子たちのためにもお風呂のある家に住みたい」と思ったことか。

家の裏手には広大な旧軍演習場の長田野《おさだの》原野が広がっていた。フワフワした感じの土で舗装など無かった。この前田地区には、池と池から流れ出る水を導く水路もあった。ある日、多分わたしも在宅していたから日曜日だったと思うが、芳生と一緒に近所の池に遊びに行っていた和子が黒蛇に噛まれていた。芳生が走って知らせにきた。わたしはすっ飛んで行った。そして、噛まれた足の傷口から毒を吸い出してペッペッと吐いた。幸い医者にもかからず蛇騒動はおさまった。「無音の想い出」は誰の人生にもつきまとうものである。

二足の草鞋

福知山市の最初の職場につくとき、「こんど来た有田はアカで、どこの職場も引き取り手がなかった」などと言っていたとの話が耳に入った。職場全体が大いに警戒気味だったのである。こういうところでとけ込むのが一苦労だった。仕事を一生懸命にやった。毎日、現場にも出かけて工事監督に精出した。普通の人になるための根気がいった。だんだんうち解けていった。わたしの話にも耳を傾けてくれるようになるまでには半年はかかったろうか？

福知山市には、職員一五〇人を擁する一番大きな地方事務所から、府税事務所や保健所に土木工営所、豊富用水改良事務所、職員数五人ほどの児童相談所まで六つの府出先機関の組合分会があった。だが、一つ一つは小さいのでローカルセンターの「福知山地方労働組合協議会」（福知山地労協）に参加できなかった。わたしはこれらを一本化して、京都府職員労働組合（京都府職労）の「福天地区協議会」を組織して書記長に就任した。ここまで持ってくるのが大変だった。なにしろ、福知山市は初めての土地で一人の友人も居なかった。だからまず、これはと思う友人作りから取りかからねばならなかった。一番大きな地方事務所の職場にねらいをつけ「いっぱい飲み」からはじめて、まず三人の友人をつくった。また、雑誌『学習の友』を普及して二〇人ほどの学習会を組織した。各分会の職場闘争を重視して「協議会」規模の各所長交渉などをやりながら組織固めを進めた。一九五四年の知事選挙を積極的にたたかって組織の重みを加えた。

知事選挙前だったか後だったかはもう記憶にないが、地方事務所前の広場に蜷川知事を迎えて歓迎集会をやった。福知山市在住の職員のほとんど全員が集まって大盛会だった。当時、このような歓迎集会をやったのは福知山が初めてで知事の記憶に残ったのに違いない。次の人事異動期に「協議会」議長は本庁に転勤して民主府政を支える「偉い人」になってしまった。

京都府職労はやがて規約改正して職能支部から地域支部に移行した。福知山の経験が典型となっている。要するに当時のわたしは、一方で農業土木技師の仕事をしながら同時に他方では労働組合活動に専念する二足の草鞋を履いていた。だが、わたしの技術者時代は長くなかった。一九五五年四月、わたしは京都府職労の本部役員に立候補して当選、書記次長の任についた。

東京・新大久保に移転

一九五六年九月、わたしは全国の自治体労働者を組織している全日本自治団体労働組合（自治労）の中央執行委員に選出された。一九五六年九月一一日、第一回中央闘争委員会に参加するため勇躍して東京に赴任した。当時はまだ新幹線は無かった。京都駅には府職労幹部たちが赤い組合旗を立てて特急列車のわたしを見送ってくれた。

東京都新宿区西大久保の大久保アパート二号館に転居した。なにせ六畳一間だった。ドアを開けると、小さな土間、右手が流しでトイレは共用、風呂は無かった。下駄箱を部屋の一角に置いて、その上にいろんな物を乗せて……という具合で親子三人が川の字に寝れないほどの惨状だった。

わたしは張り切って毎日、三宅坂の自治労本部に通勤した。山手線の新大久保駅〜新宿、それから、中央線に乗り換えて市ヶ谷駅下車で後は徒歩だった。わたしは東奔西走で家にいることが少なかった。だから、超狭アパート住まいでも何とかしのげた。一一月一六日に愛媛県職員の差別昇級反対闘争支援のために松山市に出張、約一カ月間現地に逗留して闘争支援にあたり帰京したのは一二月二三日のことだった。

すると、「一戸建てのいい借家が見つかった」と、妻・和子。ここはあまりにも酷すぎる、だから、早速、借家探しをしたらしい。それは、このアパートからそう遠くない木造一戸建てのバラックに毛の生えた程度の家だった。ガタピシ感じの門を開けると、小さな土間があって、直ぐに押入れの付いた六畳間。左手、道路際に簡易水洗トイレ、右手は三畳間、その横が板間三畳ほどのキッチンだった。一も二もない。早速、二五日には引っ越した。六畳間は親子三人の居間で、日当たりの良くない三畳を書斎にした。キッチンには氷柱を入れる小さな冷蔵庫を置いた。書籍はまだ大きくない本立てにいっぱい程度だったからそう困らなかった。もちろん風呂はなかった。が、当時は銭湯全盛時代で近所に銭湯があった。わたしの安月給では二人の子どもの養育は容易でなかった。そこで、妻は小学生の採点内職を見つけてきて家計をやりくりした。生まれたばかりの次男をおんぶしな

東京・新大久保時代の母子３人

がら、両手に大きな採点済みの用紙をつつんだ風呂敷包みをかかえて歩く姿がいまでも脳裏に浮かんでくる。

統一戦線の旗

ナショナルセンターの日本労働組合総評議会（総評）のなかでも自治労は最大の組合員を擁していた。二〇人ほどの中央執行部は社会党籍の幹部が圧倒的多数を占めていた。彼らの多くは組合を足場に参議院議員になった。

一九五八年七月に開かれた日本共産党第七回大会は、「五〇年問題」を総括した。ソ連共産党や中国共産党による武装闘争押しつけを批判し、自主・独立の立場を確立した。そして、党の分裂によって心ならずも党を離れたすべての同志の復党をよびかける決議を採択した。わたしは、この呼びかけに応えて復党願を提出し、ほぼ一年後の一九五八年五月に復党が決まった。わたしは直ちに自治労中央グループを組織してその責任者になった。そして、毎週一回、日本共産党中央委員会労対部の招集するグループ会議に参加して、他の中央労組幹部たちとも交流するようになった。

一九五八年九月、藤山外相訪米とともに始まった日米安保条約改定は、従来の基地提供に加えて軍事力増強と日米共同作戦を義務づけるなど事実上の新しい軍事同盟であった。これに反対して、「安保共闘」に結集する民主勢力は、一年半にわたる持続的で大規模なたたかいを繰り広げた。それは、折からの三井・三池「合理化」反対闘争や、「公務員共闘」の賃金・権利闘争とも結合して発展、十数次に及んだ全国的な抗議行動は空前の盛り上がりを見せていた。総評も主流派大単産の自治労も、「社会党一党支持」のセクト的方針を固執、それが「安保共闘」の最大の弱点になっていた。社会党一党支持か、政党支持と政治活動の自由か、これが毎年夏の自治労全国大会運動方針の最大の対立点だった。わたしたちは、民主勢力の統一を発展させるために労働組合の「政党支持と政治活動の自由」を主張して頑強にたたかった。

一九五九年八月、総評第一二回大会で、わたしは勇を鼓して「社会党一党支持反対」討論に立った。

五九年の総評大会のときです。彼は自治労の代議員として大会に出席し、社会党一党支持の組合の代議員でありながら、総評の一党支持方針を撤回するよう火の出るような演説をし、ついに撤回させました。一党支持がきめられなかったのは後にも先にもこれ一回きりですが彼の勇気には感心しました。（引間博愛・元全国自動車交通労働組合総連合委員長）

引間さんは、後に統一戦線支持労働組合懇談会（統一労組懇）代表委員や全日本年金者組合の初代委員長、あるいは労働者教育協会副会長として労働者教育にも大きな足跡を残した人である。わたしの総評大会での演説が、社会党一党支持の誤りを撤回させたというのは過大評価もいいところだ。が、総評主流組合の自治労の代議員が反対討論に立ったことが一定、影響したことは否めない。

「安保」と「三池」

当時、わたしは新たに発足した公務員共闘会議副議長の任にあって対政府闘争の先頭に立っていた。佐藤総理との交渉も行なったし、また、全国の自治体労働組合支援のためにそれこそ寧日《ねいじつ》なく全国を飛び回っていた。

社会党一党支持の幹部たちはあまりデモが好きでなかった。だから、わたしは来る日も来る日も大きな組合旗をかかえてデモの先頭に立った。国会議事堂を取り巻く徹夜のデモにも参加したし、安保統一行動の中軸となった国鉄労働組合のスト支援のために東京駅で座り込んだこともあった。

日本共産党発行の機関誌『前衛』一九六〇年四月号の巻頭に一ページ大の写真がある。写真の右下隅には提灯を右手に高くかかげた一人の人物の姿が写っている。それは、一九六〇年二月二五日夜の新安保条約批准阻止第一二次全国統一行動・中央集会に参加していたわたしである。わたしは、今でもこの写真に「歴史の中の私」と書いて大切に保存している。

一方、安保反対闘争と同時にたたかわれた三池闘争は、「合理化」反対闘争の頂点だった。一二〇〇人の指名解雇に反対する三池労働者・労働組合は、民主勢力の支援のもと、数万の武装警官隊、右翼暴力団、海上保安庁などによる弾圧と対決して頑強にたたかいつづけていた。安保反対闘争は三池闘争を包んで発展し、三池闘争は安保闘争を支えていた。

一九六〇年七月二〇日の早朝、わたしは一万六〇〇〇人のピケ隊の自治労部隊の先頭でスクラムを組んでいた。しきりに尿意をもよおして困った。

午前三時半、ヘルメットに戦闘服姿の警官隊が動きだした。ピケ隊本部は、「警官隊はそこまで来ています。全員警備についてください！」と怒鳴っていた。わたしはいよいよ何かが起きるかもと覚悟を決めていた。が、この朝、中央労働委員会をはさんで政・労の話し合いが進展してホッパー決戦（筆者註―ホッパーとは石炭の貯蔵槽のこと、底弁の開閉で石炭を取り出す。三池闘争ではこのホッパー争奪がたたかいの焦点になった）は直前に回避された。この日から三池闘争は休戦に向かった。この頃のことについて、まだ七歳のときの記憶を有田芳生が書いている。

……レッドパージで農林省を追われるような人生をみずから選択した父は、そのころ自治労の組合役員をしていた。ある深夜、ふと眼が覚めた。これから出かける父と母の会話が子供心にも異様に聞こえた。〝無事に帰ってこれるかどうか……〟。労働者が刺殺される事件も起きていた三池争議の支援に出かけるところだった。〝革命〟のために尽くす父を支える母。日本ではじめて女性で獣医師の資格を取ったにも関わらず、その仕事に就くことがなかったのもそうした環境が影響したようだ……（『毎日新聞』二〇〇五年一二月七日付）

六〇年安保闘争は条約の改定自体は阻止できなかった。とはいえ、岸内閣の打倒など政治闘争への広範な国民の参加、民主勢力の団結への確信をつよめ、新たな発展の条件をつくった。

奇妙な泥棒

新宿の歌舞伎町に近い新大久保の町は次第に物騒になっていた。ある朝など、格闘する二人の男が、門を倒して転がり込んできたこともあった。通りの電柱のかげで抱擁する若い男女の姿も見られた。

「どこか郊外の緑のあるところに引っ越したい」、こんな思いが募るようになった。いっそ思い切って家を買おうかと考えた。が、保険を解約してもわずかなお金しか都合がつかなかった。

わたしは、時間を作って郊外の借家探しを続けた。新宿から西武新宿線で「東伏見」という名前の駅があった。なんとなく京都くさい名前に惹かれた。ここで降りて不動産屋を歩いていたら新築の借家があった。それはまだ、武蔵野の面影の残る林の近く麦畑の中に数軒ならんだ小さな一軒家だった。

一九六一年一月二八日、東京都北多摩郡保谷町上保谷（現・西東京市）に越した。東伏見駅下車で椚林《くぬぎばやし》と麦畑を横目に見ながら歩いて約一〇分ほどで新しいわが家だった。家賃は毎月七〇〇〇円。小さい玄関を入ると六畳間、四畳半の二部屋が並んで、窓を開けると裏手は麦畑だった。四畳半と三畳ほどのキッチンがつながってトイレは水洗ではなかった。お風呂はなかった。裏手に広がる麦畑の中の小道を歩いて踏切をこえると小さな商店街になっていて、その一角に銭湯があった。この間、時間にすると一五分もかかったろうか？

芳生はまた、戸山小学校から東伏見小学校の五年生に転校した。

この年、弟の結婚式が出雲大社で行なわれた。一九六一年五月の子どもの日、家族全員で出席した。帰途は鳥取の実家に泊まって九日に帰京した。

ところが留守中に泥棒君が参上していた。押入れの下段にはタバコの吸い殻が落ちていたし、酒を飲んだ跡もあった。家のあちこちを探したようだった。だが、盗られたものは何もなかった。数名の警察官が来ていろいろ調べたがどうということもなかった。奇妙な泥棒だった。わたしはこの時の泥棒は、物取りとは違う目的の探索ではなかったかと疑っている。

転宅カンパの冥利

安保闘争以後、情勢は急激に右傾化した。

アメリカは、統一戦線破壊のために知日派のライシャワーを大使に送り込んだ。総評の右傾化が進んだ。総評の主力組合・自治労での反共合唱が高まった。自治労グループのキャップをしていたわたしを中央執行部から引きずり下ろす攻撃が執拗にくり返された。一九六一年八月一七日から甲府市で第九回自治労全国大会が開かれた。このとき、わたしは副執行委員長に立候補して「抵抗」したが多勢に無勢、大差で破れた。あしかけ六年の東京生活にピリオドを打った。ここに住んだのは一〇カ月ほどでまた京都に引っ越すことになった。

九月五日、わたしは京都府職労帰任のために京都駅に降りた。この日の手帳には「後を見るな、前を見て進め」とだけ書いている。京都帰任に当たって、まず直面したのが住居探しだった。先立つものが無かった。自治労京都府本部の吉田事務局長は全国的な住宅移転カンパ活動を起こしてくれた。

有田光雄君（元自治労本部執行委員・京都府職労執行委員）の転居について資金援助のお願い

……昭和三一年秋、自治労京都府連から選出されて自治労本部執行委員として、あしかけ六カ年の長きにわたって活動していた有田光雄君が、さる甲府大会以降、出身単組の京都府職労に帰任することになりました。有田光雄君は自治労本部にある間、主に調査部長を担当し、総評・公務員共闘副議長として公務員労働者の大幅賃上げ、権利擁護のために大いに貢献し、また自治体労働者の統一闘争をすすめる上で必要な自治労の階級的、戦闘的な指導をうちたてるために奮闘してきました。これからは、自治労本部での経験を生かして京都で活動するわけです。現在、彼は活動の本拠である家庭を東京から京都に移転するために苦心しております。……わたし達は無原則的に組合財政に解決をもとめるのではなく大衆的カンパを組織することによって解決することが正しいと考える貴方にこの問題について訴えご協力をお寄せ下さるよう心から訴えます。出費多端の折から大変恐縮ですが重ねてお願いします。

昭和三六（一九六一）年一一月一日

転宅カンパの呼びかけに多くの仲間が積極的に呼応してくれた。名簿を付して全国からお金が送られてきた。中には四〇円というケースもあったが、一〇〇円、二〇〇円からはじまって五〇〇〇円もあった。当時のお金で五〇〇〇円は大金だった。カンパは応募者総数三四七人、その額は六万円をこえた。中には「舞鶴市水道部女子職員一同」というようなものまであった。

わたしの長い労働運動経験を通じても、このような温かい住宅カンパなどは聞いたことがない。ほんとうに男冥利に尽きると思った。

新居は、京阪墨染《けいはんすみぞめ》駅を下車、だらだらと淀川方面に向かって約一〇分の一軒家だった。一一月早々には家族全員が無事に引っ越してきた。

ふたたび京都で

わたしは、古巣の仲間たちに迎えられて京都府職労執行部の任務についた。執行部の一員として『府職労情報』とかいろいろの新機軸を出して府職労の階級的・民主的前進のために活動した。

それは一九六二年五月一一日のことだった。人類最初の宇宙飛行士となったガガーリンが京都府庁を訪問した。ガガーリンは京都府庁のバルコニーから歓迎集会に挨拶した。どういうわけかこのとき、わたしはガガーリンの帽子をもって随行している。こうしたハプニングをふくめて京都民主府政を支える労働組合の多忙な日々が過ぎていった。全国から労働講座などへの講師要請も少なくなかった。

一九六三年度には京都府職労の書記長に選出された。

わたしは幹部請負でない真に大衆的な労働組合づくりをモットーに活動した。夏期闘争や年末闘争では「富士山の裾野を揺り動かすような大衆闘争を！」と呼びかけた。『学習の友』や『住民と自治』などの読者拡大に力を入れたのはそのためである。

書記長二年目の一九六四年春闘では、いわゆる「四・一七スト」問題〈註〉などのきびしい経験もしている。この年の春闘で総評は四月一七日を期してスト権奪還・大幅賃上げ要求実現のための統一ストを提起し全国的な準備活動に取りくんでいた。わたしも書記長としてストライキ組織の先頭に立って職場を走り回っていた。ところが四月八日、日本共産党は、このストライキが政治的課題と正しく結合されず民主勢力との共闘にも欠けている弱点を根拠にして、これをアメリカのたくらむ「挑発スト」と位置づけて反対声明を発表した。

わたしたち京都府職労執行部は、臨時中央委員会を招集してスト反対を決議した。全国の労働組合幹部の共産党員はスト破りの汚名を着て、日本共産党の信頼は深く傷ついた。党を去る労働組合幹部も少なくなかった。これはまた、この年の役員選挙でわたしが書記長を落選した最大の原因となった。

ともあれ、わたしは毎年の自治労全国大会でいつも総括討論にたっていた。「自治労反主流派のスター的人格」（『現代と展望』、一九八五年）などと評されたのはこの頃のことだった。

〈註〉日本共産党の「四・八声明」は経済闘争を軽視、否定する大きな誤りであった。日本共産党は六四年七月の第九回中央委員会総会と一一月の第九回党大会で、これが党綱領に反する重大な誤りだったことを自己批判し経済闘争の位置づけを明らかにした。

大衆的学習運動

わたしの活動範囲は自治体労働運動だけにとどまらなかった。

一九六三年六月、京都労働者学習協議会（京都学習協）が結成された。それは、六〇年

「安保」と「三池」の大闘争を経て、労働組合の階級的・民主的強化を目的に職場に学習サークルをつくり、科学的社会主義を大衆的に普及・推進する組織として誕生したものであった。関西労働者教育協会はじめ各県の労働者学習組織は一九五二年創立の労働者教育協会と協力して、雑誌『学習の友』の普及や勤労者通信大学の募集と学習援助、それに、労働学校の開設などの大衆的な学習活動を積極的に推進していた。が、京都でも「四・一七スト」問題などで労働組合の結集が弱まり、事務局の主体的力量の弱さもあって次第に停滞状況に陥っていた。

日本共産党京都府委員会は、京都学習協の再建・発展のためにわたしを派遣した。わたしは一九六七年一二月の第五回総会で事務局長に選任された。

会長の細野武雄（一九一二〜一九九四）立命館大学教授は、一九三三年に治安維持法の検挙歴のある学者で当時は立命館大学産業社会学部長の職にあった。わたしは細野会長をささえて、①常任理事会の集団指導体制の強化、②『京都学習新聞』の定期発行、③組織活動強化などの新方針を推進、運動の再建・発展に全力投球した。練達の学習活動家だった藤井叙之《のぶゆき》次長の存在が大きかった。わたしの方針提起を藤井次長の陣頭指揮で実現していった。

細野教授は折にふれて、「有田君、専門バカになってはアカンぞ」と、くりかえしていた。「専門バカ」とは、いわゆる「木を見て森を見ない」一面性である。わたしは格言「損して得とれ」の信者だから専従事務局員を一人、二人と増やして結局は五人に増やしたり宣伝カーを購入したりと必要な「投資」には躊躇しなかった。

細野校長の京都中央労働学校は、春、夏、秋の三カ月サイクルで「総合」、「哲学」、「経済学」、「労働組合」、「古典」教室などを毎週一講義の日程だった。講師団には京大、立命館大学、同志社大学、それに統一戦線支持労組の幹部があたった。おかげで細野教授はじめ多くの学者・知識人の知己を得ることができた。

中央労働学校は、七〇年代最盛期には全教室で六〇〇人をこえる受講生を集めたこともあった。労働学校は、京都市内だけでなく、ときに舞鶴《まいづる》、福知山、宇治《うじ》などの各市でも開設して科学的社会主義の学習を推進した。また、毎年の春闘学習会や資本論講座などにも多くの若い労働者の参加を実現した。

畏友の妻の遺品の中に一九六八年、大月書店刊行の箱入り『資本論』全五分冊がある。第一巻には、「複雑労働と単純労働」、「等価形態の特徴」、「商品の神秘性」などと細かい字での無数の書きこみがある。これは、七〇年代に著名な資本論学者だった宮川実『資本論』講座に参加していた名残である。

わたしは一九六九年度から労働者教育協会の常任理事に撰ばれ、毎月一回は上京するようになった。そして『学習の友』の編集や勤労者通信大学の仕事にも携わり、講演で全国を飛び回った。わたしの大衆的学習運動との関係は二〇年をこえて続いた。

京都学習会館の建設

一九六八年一〇月、事務局が間借りしていた京都教育会館が火災に遭った。いっさいの「財産」を失ってショックは大きかった。わたしは失意に沈む幹部たちに、「災いを転じて福にしよう！」「攻撃こそ最大の防御」と呼びかけて明日から予定の『資本論』講座のテキストを徹夜で仕上げて成功させた。また、これを契機に京都学習会館の建設に踏みきった。協力労組や労働学校生はじめ広くよびかけて無担保・無利子・一年据え置きの借用運動を展開した。借用運動は約二〇〇〇名の呼応で日ならずして数百万円の浄財を集めることができた。一九六九年二月、わたしは新聞広告でみつけた二五坪ほどの売り家を三〇〇〇万円で買い取った。そして友誼組合・京都建築労働組合の協力で一階に書記局と会議室、輪転室。二階は六〇人ほど収容可能な教室をつくった。これまでは立命館大学や同志社大学で借りていた教室が自前でできるようになってうんと効率的になった。一九六九年四月、関係者をまねいて京都学習会館の開館式を行なった。

現在でも全国の学習組織で自前の「会館」を持っているのは京都だけである。それというのも、蜷川民主府政の強力な支援があったからこそである。

新しいトリデを確保した京都学習協は、「安保・沖縄全京都十万人総学習運動」を呼びかけ、各地で「安保」学校をひらき「安保」学習の新しい波をまきおこした。このなかで、『学習の友』は大きく普及し、七〇年三月の労働者教育協会全国総会で拡大率二二〇パーセントで全国第一位の「躍進賞」に輝いた。

見える「箱物」建設もさることながら「見えない建設」を重視する蜷川京都府知事が労働者教育に寄せる熱情は並大抵ではなかった。学習協三役との定期的な懇談会で、蜷川知事はいつも幕末から明治維新にかけて多くの人材を輩出した大阪「適塾」の話をもちだして労働者教育の重要性を語っていた。

蜷川知事は、毎回の中央労働学校卒業式に挨拶に来て、皆勤者には「国語辞典」などの賞品を贈って激励していた。また年々、労働者教育補助金を支出して学習運動を援助してくれた。事務的には山田芳治副知事が采配をふるっていた。わたしは山田さんと話し合っていろいろと取り決めしていた。これで、運動がどれほど助かったか、はかりしれないものがあった。皮肉にも後年、この山田副知事と衆議院選挙を争うなどとは夢想もしなかった。ともあれ、この面でわたしの果たした役割といえば、民主府政と京都の労働者教育・学習運動をパイプでつないだことだったかもしれない。

社会の外科医たれ

五〇年代初めの無職時代に「いつかこの職場に来たい」と念じたわたしの思いは奇しくも一九七四年四月に実現している。蜷川知事はこの年四月の選挙で七選をかちとった。そして、六月には職員の定期人事異動が行なわれた。このとき、わたしは職場復帰の決意をして労働経済研究所赴任を希望した。人事当局はわたしの希望をうけいれてくれた。同年六月一四日、わたしは、京都府庁中京庁舎にある労働経済研究所に初出勤した。

人は農業土木技師のわたしが、何故に労働経済なのかと怪訝に思うかもしれない。エンゲルスは「プロレタリア党の全理論的存在は経済学の研究から出発する」と述べている。

つまり、日本共産党の運動の土台には、人々の貧乏が心がけや運命ではなく経済的諸関係のなかから必然的に生まれてくる、という真理を解明したマルクスの『資本論』がある。マルクスが「芸術的全体」と呼んだ『資本論』第一巻をわたしが学びつづけてきた理由もそこにある。わたしの経済学はすべて独学の成果である。

わたしの労働経済研究所入りには思わぬ副産物がともなった。翌七五年三月、立命館大学から京都府知事あてにわたしの講師派遣要請が行なわれたのである。わたしは、この年四月から立命館大学経済学部の非常勤講師として「労働組合論」や「公務労働論」の講義や週一回の二部学生ゼミを担当した。毎週火曜日の午後には研究所をでて衣笠山《きぬがさやま》の麓にある立命館大学・以学館《いがくかん》大教室での講義にのぞんだ。わたしの講義は、ノート読みのボソボソ講義とはちがって実践家の「アリタ節」だった。だから聴講生はいつでも満席だった。

当時、すでに立命館大学総長に就任していた細野教授は、わたしを非常勤ではなく正規の教員に転入させるべく著書・論文の提出をもとめた。ところがわたしの学歴は農業系専門学校のために教授会をパスできなかった。この話は二年続きにくすぶっていたが、結局は実ることなく終わってしまった。細野教授は学歴などは問題にしない真に実力主義の学者だった。

二〇一二年二月二四日付け『毎日新聞』地方版に、「社会の外科医」と題した一文が掲載されている。かつて、わたしの講義を聴いた学生の声である。

埼玉市で餓死とみられる親子の遺体が見つかった。この悲惨な事件で古い記憶がよみがえった。私は京都の大学の貧乏学生だった。ある日、大教室で労働組合論を講義していたA先生が新聞記事を読み出した。関西に住む貧しい母子家庭の親子。母親は懸命に働いたが幼児への食べ物にも事欠きともに餓死したのだ。労働運動家の学外講師は「繁栄したこの国で餓死する人がいる。これでいいのか」。さらに言った。「経済学を学ぶ君たちは社会の外科医にならなければいけない」と。その目は赤くなっていた。社会を変えるために学びなさい、と鋭い刃をむけられた気がした。……同じ学部の一年上に、ジャーナリストの有田芳生さんがいた。参議院議員になった彼こそA先生の息子さんである。彼が社会の外科医になってくれるかもしれない。（馬場茂）

フランスの詩人ルイ・アラゴンは「学ぶとは誠を胸に刻むこと、教えとはともに未来を語ること」と詠っている。教室のわたしは、いつも若い学生諸君と「ともに未来を語って」いた。いつまでも消えない懐かしい思い出である。

茨木市に転居

わたしたちが、共働きのために大阪府茨《いばら》木《き》市に移転したのは一九六二年二月だった。自治労大阪衛星都市連合会（衛都連）の幹部たちは傘下組織「茨木市職労」書記局員として和子を採用してくれた。一九六二年三月一日から和子は、茨木市職の書記局に勤務した。次男の和生はまだ幼くて京都・伏見からの通勤は不可能だった。職場に近いところに家をさがさねばならない。わたしは見知らぬ町での家探しを始めた。

国鉄茨木駅を下りてなのか、それとも、阪急茨木駅なのかはもう忘れた。それが、何回目だったかも忘れたが茨木市役所を横目に見ながら歩いて、とある不動産屋に飛び込んで案内されたのが茨木城跡の茨木神社を目前にした街角の畳屋倉庫の二階を改造した物件だった。

この家は、戸口のガラス戸を開けると階段があって、それをトントンと上がると突き当たりが変形の三畳の間で窓を開けると通りに面していた。その横が六畳の間、敷居を隔てて板張り一〇畳ほどのキッチンでその端に深いポットン式トイレがついていた。

二月一九日、茨木市二の丸町の新居に転居した。子どもたちには変型三畳の間に二段ベットを置いた。もちろん、お風呂はないから近所の銭湯に通った。

毎日、わたしは阪急茨木駅から急行で四条大宮駅下車、そこから、また市バスに乗り継いで府庁・東門の府職労書記局まで通勤した。和子は、毎朝、八時半には茨木市役所の市職労書記局に通勤する新しい生活だった。

芳生はこの時期、めまぐるしいほどの転校続きだった。折角できた友だちともお別れが何回つづいたことか。問題はまだ四歳の次男だった。近所のお寺の「御坊さん」経営の保育園に入園させた。毎日、母親と暮らしていたのが、一転して終日、保育園で暮らさねばならなかった。わたしが出勤のときに、保育園併設の「御坊さん」前まで連れて行った。保母さんの手にわたすまでが大変だった。まるで、「ダッコちゃん」人形のように足にしがみついて、「ママとこ行く、ママとこ行く」と離れなかった。その手を無理矢理はなすとき毎回のように悲しくて涙がでた。それでも仕方がないから心を鬼にした。こういう朝が、幾日、続いたことだろうか？　わたしも和生もヘトヘトになった。それで、まもなく保育園はやめにして通いのおばさんを雇った。が、いじめを目撃したのでおばさんは解雇して、この頃、大阪市内から戸伏《とぶし》町のアパートに越してきた弟の妻に通いで見てもらった。ともかく、それまでの、ママべったりの暮らしから、自立が強いられる新しい環境に適応するまでが大変だった。親子で乗り越えねばならない試練だった。

民主的医療運動に参加

まもなく、和子は市民病院の検査技師として採用されて組合書記の仕事をやめた。この間、ほんの僅かな期間だった。やれやれと思う間もなく新しい問題が起きた。茨木市の財政危機からの市民病院の民間委託問題であった。もちろん、労働組合は民間委託反対でたたかった。市職労の方針を堅持してたたかった和子は解雇されて法廷闘争に移行した。解雇の妻は民医連・大阪「上二《うえに》病院」からスカウトされた。そして公判闘争をつづけながら同病院の検査室に勤務、以来、民主的医療運動に参加・献身することになった。なお、公判闘争は七年かかったがみごとに全面勝利した。が、茨木には帰らなかった。

毎朝、五時起きで朝食の支度をして七時半には家を飛び出した。自転車通勤の雨の日は、交通量の多い国鉄山崎駅までの片道三キロを片手に傘をさして走った。終始小走り、職場

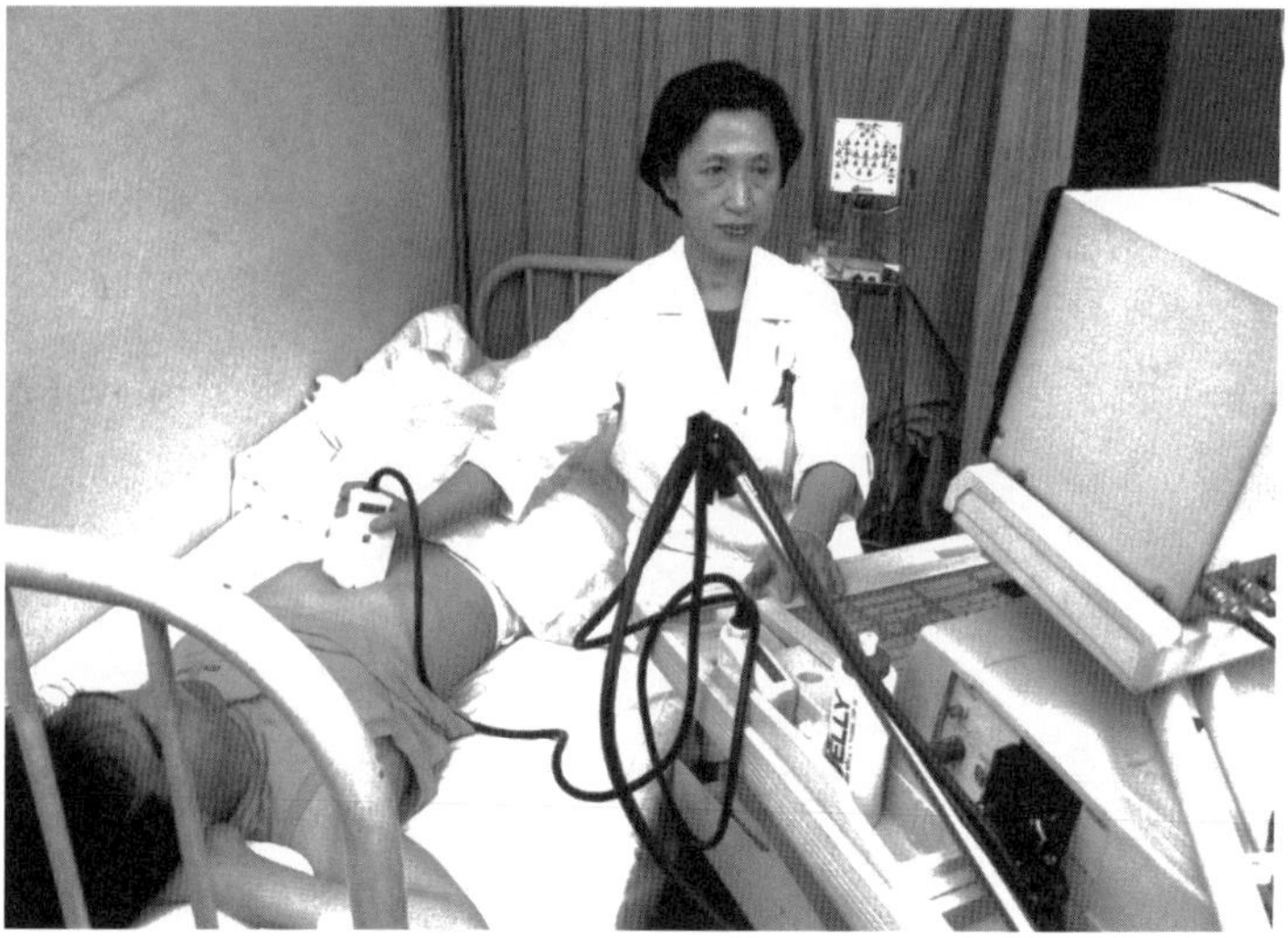

大阪「上二病院」で検査技師として働いていた妻・和子

に着くと暑い日などにはしばらく検査室のベッドに転がった。夕刻、帰宅するのはたいてい七時半から八時頃。それから夕食の支度だった。二人の子どもはお腹を空かして待っていた。空き腹を抑えるために、国鉄山崎駅前の屋台でホットドッグとか、大阪駅地下街のパン屋でチーズパンなどを買ってきて与えていた。妻が「新日本婦人の会」大阪・東区支部長の任にある頃の帰宅はときに深夜一二時を過ぎることもしばしばだった。暗い山崎街道を、自転車を駆ってわが家をめざす妻をどれほど心配したことか。

妻は検査技師長で病院の理事でもあった。勉強家の妻は、いつでも医学書を片手に医師も発見しえなかった癌を見つけるなどの手腕を高く評価されていた。負けん気の強い人ならではのこと、まさに押しも押されぬ存在だった。彼女は労働組合の団体交渉では当局側にあった。まだ民主経営についての研究が十分でない時代のことだった。折りにふれ「どういう態度をとったらいいのか、わからない」と悩んでいた。一九八九年三月、妻は民医連・大阪「上二病院」を定年退職した。病院あげてのお別れ会の「有田和子を励ます集い」は大盛会だった。日本共産党大阪府委員会はじめ「新婦人の会」や「生活と健康を守る会」など、外部からの参加とメッセージがつづいた。

根性バネ

一九六五年一〇月一六日、わたしは日本共産党京都府委員会から呼び出され、河田賢治委員長と安井真造副委員長の二人に会った。「いまやアジアの情勢は激動している……」と話しはじめた安井さんから「直ちに京都府職員をやめて国会議員団秘書の任務につくように」と要請された。まるで寝耳に大水だった。

わたしたちは、世帯をもって一五年間に一四回も風呂のない家ばかりを転々としてきた。が、この年の六月二四日、ようやく「天王山」（京都府乙訓《おとくに》郡大山崎町）の麓の村に終の棲家を構えたばかりだった。京都府住宅公社発売の建て売り住宅は、六畳三間に八畳のリビングと風呂付き二八〇万円だった。わたしは自己資金ゼロだったが、労働金庫や職員共済組合などからの借金でこれを買いとることにした。鳥取で「山陰自由新聞社」を経営していた義父は、余裕のある暮らしでもないのに四〇万円の大金をポンとだして応援してくれた。こうして、やっとこさお風呂のある家に住めるようになっていた。

これが、わたしの足を大きく引っ張っていた。わたしは「単身赴任なら行きます」と答えた。が、「単身赴任は絶対ダメ」だった。この間、河田委員長は「なんと情けない男」と思ったのか終始一言も発しなかった。結局、わたしは党の要請にはこたえきれなかった。

わたしは自ら希望して京都府職労の執行委員を辞任、一二月一日付けで京都府庁農林部の職場に復帰した。もう一度、職場活動からやりなおして自分を鍛え直そうと考えたからである。実に一〇年ぶりの職場復帰だった。

ここからまた、わたしの新しいたたかいの日々がはじまった。そして活動の日々のなかで「もしも、いつの日にかもう一度党が新しい任務を提起してくれるようなことがあれば、そのときには無条件に応じる人間になりたい」と考え決意するようになっていた。ところが、一九七八年九月二日、その「いつの日にか」がやってきたのである。わたしの職場復帰から一三年の歳月が流れていた。当時のわたしは、労働経済研究所勤務で立命館大学非常勤講師の仕事もしていた。それはわたしの生涯でいちばん楽しく充実した日々だった。

この日、研究所を訪れた一人は、西沢昭三・共産党乙訓地区副委員長。もう一人は党・京都府委員会の力石清彦選対部長だった。わたしは、行きつけの喫茶店で二人の話を聞いた。二人は府委員会からの「直ちに明春予定の乙訓郡選出府会議員の候補者として準備活動に入ってもらいたい」との要請を伝えた。党はわたしの一三年間を見ていたのだ。わたしは党の信頼に感動した。そして、即座に生涯でいちばん楽しかった職場に別れを告げることにした。日本共産党員として一三年間つづけた反省からの根性バネの力だった。

国政選挙に挑戦

かつて京都の衆議院選挙区は中選挙区制で定数は五人だった。衆議院京都一区では、五人の定数のうち二議席を日本共産党が占めていた。そこには、人口比で一パーセントをこえる分厚い党員が存在し「革新自治の灯台」と評される蜷川民主府政をささえていた。

衆議院京都二区には、すでに現職の寺前巌代議士が活躍していて複数議席の実現が課題となっていた。いわば五議席のうちの二議席実現をめざす五分の二の挑戦であった。

宣伝カーに並んで立つ著者と妻（1978 年 12 月）

一九七八年一二月、折から現職の民社党の玉置一徳代議士の急逝で衆議院京都二区の補欠選挙が行なわれた。この選挙は、前年四月の京都府知事選に立候補した前衆議院議員・山田芳治氏（社会）辞任の欠員に加える二議席をめぐるたたかいだった。好機来たれり、日本共産党は、衆議院京都二区での複数議席への挑戦を決行した。当時、わたしはすでに、明春予定の府議会議員選挙の候補者として活動六カ月目に入っていた。が、にわかに衆議院補欠選挙に転戦、立候補した。一二月二五日告示、翌七九年一月一五日が投開票日だった。

妻は、全力で挑戦するわたしの分身となって広い京都二区を東奔西走した。わたしが東に行けば、妻は西へ。夕刻にはいったん帰宅して、愛犬ポピーとリリーのお散歩をさせて、それからまた

国政選挙（衆議院京都２区補欠選挙）に初めて挑戦した著者。右は応援演説に駆け付けた宮本顕治・日本共産党議長（1979 年 1 月）

迎えの車に乗った。訪れた小集会、演説会の数は一〇〇を軽くこえ出会った人の数は約三〇〇〇人と、当時の新聞は報じている。

「若い日の有田は、軍用手袋が一日でボロボロになるほどの重労働で、その軍手すら買うお金がないドン底生活の中でも常に学習を怠りませんでした。どんな困難にも打ち勝つ気力はすでに試練済みです」と、わたしを語る和服姿の訴えは、どこに行っても好感を与え、人々を励ました。このときの選挙の出陣式の宣伝カーには、党幹部などとともに妻の姿もあった。わたしの脳裏には、いつでもこのときの妻の姿が蘇ってくる。おそらくは、二人にとってこのときが生涯で一番幸せなときだったかもしれない。

選挙はまるで、日本共産党中央が京都に移ってきたかのような総力戦だった。だが、結果は過去最高の得票率だったが善戦及ばず、次点での惜敗だった。不徳の至りでチャンスの前髪を掴むことはできなかった。

当選	17076	谷垣専一	自	前
当選	13232	玉置一弥	民社	新
次点	12362	有田光雄	共	新
	8354	山田芳治	社	前
	7372	東出忠泰	無	新
	794	伊瀬　満	諸	新

五分の二の挑戦

わたしは屈しなかった。衆議院京都二区に日本共産党二議席目の実現をめざしてたたかいつづけた。全国的に見れば日本共産党の複数議席などは途方もない冒険のように見えたかもしれない。が、京都の党は、府民人口の一パーセントを上回る党員を擁していた。それが五分の二の挑戦を可能にする土台となっていた。「日本の夜明けは京都から」のスローガンもけっしてホラではなかった。

一九八〇年六月の史上初の衆参ダブル選挙で、わたしは再度、京都二区複数議席の実現をめざすたたかいに挑戦した。現職の寺前巌議員の京都二区の北部地域にたいして、わたしは南部の向日《むこう》市、長岡京市、大山崎町、それから洛南地域の宇治市、城陽市、八幡《やわた》市、相楽《そうらく》郡一帯を地盤にした狭い地域を基盤としてたたかった。それは現職確保のうえに新議席をめざすたたかいである以上当然のことだった。

選挙結果は予想以上にきびしいものだった。

当選	182922	前尾繁三郎	自	元
当選	119631	谷垣専一	自	前
当選	113649	玉置一弥	民社	前
当選	104122	寺前　巌	共	前
当選	94105	西中　清	公	前
次点	94053	山田芳治	社	前
	49431	有田光雄	共	新

人口比一パーセントの党

わたしが、衆議院京都二区の「五分の二の挑戦」に明け暮れていた当時、一九八二年七月に日本共産党第一六回党大会が開かれた。わたしは代議員として発言の機会を得て「五分の二の挑戦」について語った。

……不破書記局長は昨日の報告のなかで、有権者対比での陣地構築の観点の重要性を強調されましたが、私はまったく賛成であります。私は前大会から今日まで、あわせて一五九名の党員を拡大してまいりました。あまりたいしたことはありません。だが、京都では一等賞です。だけどあんまり評価をしていただけませんが……（笑い）。

しかし、新しい同志を迎えるためにはご承知のように大いに世界を語り、大いに革新の未来を語り、大いに党を語らねばなりません。その際、私が強調してまいりましたことの一つに、もし党が全国的に人口比一パーセントの党をつくったらどうなるかという問題であります。昨日配られました資料によりますと、いまのところ、京都の党は、党員の対人口比、また日刊紙、日曜版の有権者比で全国トップの位置を占めております。現在党員についていいますと二五〇万の府民に対して一パーセント以上の党員を擁し、さらに三万人をめざして頑張っているところです。実は、この力が京都にある二つの衆議院選挙区で複数の議席に挑戦する原動力になっているのでありまして、京都一区で一昨年のダブル選挙までは、周知のように藤原ひろ子同志、梅田勝同志、五つの議席のうち二つの共産党議席を確保していたことはご承知のとおりであります。いま二区でも二つ目の議席の挑戦がはじまっております。

もし、わが党が全国的に人口比一パーセント、つまり一〇〇万の党をつくればどういうことになるのか、京都での現実の挑戦、五つの議席のうちの二つをとる、この可能性を全国にあてはめてみますと、衆議院五一一議席の五分の二、つまり二〇〇議席に挑戦する党となってあらわれるわけであります。そうなると民主連合政府もけっして夢ではありません。だから、どうかあなたの力をかしてください。これが、実は私の殺し文句の一つだったわけであります。（笑い）

（『前衛』№四八四、一九八二年九月、「日本共産党第一六回大会特集」一二五五ページ）

野中広務氏との一騎打ち

一九八三年八月にも再びチャンスが巡ってきた。自民党の谷垣専一代議士の急逝と故前尾繁三郎議員と合わせ欠員二議席となって行なわれた補欠選挙だった。三年前の選挙も「弔い合戦」だったがこんども同じだった。どうもこの弔い合戦は性に合わない。本来ならここで勝負をきめねばならないものを、またわたしは敗者となってしまった。

当選	125209	谷垣禎一	自	新
当選	121890	野中広務	自	新
次点	115093	有田光雄	共	新
	73226	山中末治	社	新
	32766	林　長楨	無	新
	1417	高田がん	無	新

選挙は、文字どおりの自・共対決だった。京都府副知事から立候補した野中さんと、京都府職労出身のわたしとのたたかいに京都府庁は湧いた。

投解票日は八月一五日のお盆の日で文字どおり酷暑の日々の選挙戦だった。こんどもまた、妻はわたしの分身になって京都北端から奈良県境までを駆け抜けた。汗びっしょりの選挙戦で脱水症状を心配するほどだった。

開票速報では一時、「有田当確」が報じられ、野中さんの落胆した姿が写真誌に残っている。だが、野中さんの地元票が開いてから逆転した。

党・京都府委員会のビルから会見場の「建設会館」までは車で一〇分ほどの所にあった。安井委員長と同乗のわたしは勝利の挨拶を考えていた。が、会場についたときには形勢逆転だった。一転、勝利の挨拶を敗北の挨拶に変えねばならなかった。テレビに放映されながらの思考転換は容易ではなかった。文字どおり、有田光雄の全存在をかけての勝負だった。

詰めかけた数十名の仲間たちの「アリタ」コールに励まされながら会場を後にした。妻と応援の芳生と三人で家までのタクシーを走らせた。まるで折れたハンガーのように肩を落とした芳生の姿が印象に残った。米寿をこえた老残の生涯にはそれこそ様々な喜怒哀楽があった。だが、このときのハプニングは例外的なキツイ体験だった。

この時の演説の一部を引用する。

みなさん！

歴史というものはけっして無駄に流れていません。

昭和三（一九二八）年、日本最初の普通選挙で京都二区の有権者は、政府の弾圧をけって無産政党の山本宣治《せんじ》を働く者の代表として国会に送りました。山宣《やません》は、あの暗黒時代に主権在民や反戦・平和を訴え、治安維持法の改悪に反対して暗殺されました。が、その伝統は彼の生まれ育ったこの京都に脈々と息づいています。

昭和三五（一九六〇）年、あの安保の年の日米軍事同盟に反対する国民的大闘争のあとの総選挙では、共産党はこの京都二区で二万二〇〇〇票の得票でした。その次の選挙では四万五〇〇〇票、それから六万三〇〇〇票と着々前進してきました。候補者として奮闘された田畑シゲシさんは、志なかばに病をえて倒れてしまいました。が、その後をついだ寺前巌さんは昭和四四（一九六九）年の総選挙で一躍一一万二〇〇〇票をとってトップ当選しました。

みなさん！

二万、四万、六万、そして一一万、これこそ六〇年代の京都二区での不屈の挑戦の記録です。三年前の八〇年総選挙では、寺前・有田でさらに一五万四〇〇〇票へと前進しました。一一万から一五万への飛躍です。砂漠の国のことわざに、犬は吠えてもキャラバンは進む（筆者注―「言いたい奴には言わせておけ」「中傷・批判は気にしないで自分の道を進め」の意）とあります。が、われわれは犬は吠えても歴史は進むと言い換えましょう。そして、「日本の夜明けは京都から」、この雄々しいスローガンを胸に不屈の挑戦をつづけてかならず勝利しようではありませんか。

共倒れの衝撃

一九八三年一二月一八日の総選挙は、一〇月、ロッキード事件での田中角栄元首相の有罪判決をうけて有権者の関心は高かった。京都での選挙戦の最大の関心事は一、二区ともに日本共産党の二議席実現か、それとも自民党の二議席占有かを争う激戦だった。わたしは、八月補選からわずかに四カ月後のたたかいに全力をあげた。宇治市の自衛隊基地正面に選挙事務所をかまえた。こんどは党幹部の応援も少なかったし、公職選挙法の改悪で立ち会い演説会がなくなったり選挙期間の短縮もあったり、加えて「有田死票」論も馬鹿にならなかった。

選挙結果は衝撃だった。京都一区でも一議席を失い、二区では共倒れの最悪の結果となった。京都の現有三議席は一議席に減ってしまった。全国的にも国民の怒りは共産党支持に結びつかず改選二九議席は二七議席に後退していた。

当選	136357	野中広務	自	前
当選	125446	谷垣禎一	自	前
当選	108665	西中　清	公	前
当選	104515	玉置一弥	民社	前
当選	98516	山中末治	社	新
次点	92666	寺前　巖	共	前
	58028	有田光雄	共	新

選挙後のお詫び行脚もキツかった。まるで敗北が、わたしのせいでもあるかのような心ない言動もあったり切なかった。

ここで、日本共産党京都府委員会の衆議院京都二区での複数議席挑戦は終止符を打った。バタバタの店じまいだった。わたしの衆議院候補者生活の終焉だった。

衆議院選挙の京都二区共倒れを契機に、わたしは参議院選挙の候補者に転戦した。そして、八六年の参議院選挙では名簿八位、八九年参議院選挙では名簿一一位でたたかった。が、いずれも敗退、こうしてあわせて六回もの国政選挙挑戦はついに実を結ぶことなく終わった。まさに不徳の至りと言うほかはなかった。それでもこの間、畏友の妻はなんの文句をいうでもなく、いつも笑顔で積極的に後押ししてくれていた。また、敗残の失意の身をいたわってもくれた。ほんとうに苦労ばかりかけて、ただの一度の万歳もなく終わってしまった悔恨は、いったいどのようにして晴らせばよいのだろうか。

大恩は山より高く

一九八三年二月一四日、わたしの父、有田佐市は八九歳の生涯を閉じた。

前日の夕べにピストン帰郷したわたしは病床の父の伸びていた爪を切ったりトイレの世話をしたりと多忙だった。

「お父さん、入院したらもっと生きられると思うけど入院しないかね」と尋ねてみた。

まるで働き蜂のようだった母と死別してから二七年、父は兄夫婦の親身の介助をうけて幸せに暮らしていた。だが「もういい。十分に生きた」と、その日の夜、あたかも修行を積んだ高僧のように自若・卒然と旅立ってしまった。思えば、この父の慈愛と決断がなければ、わたしの「鳥取の青春」はなかったたし、南部和子との出会いもなかった。わたしが日本共産党員となってたたかい始めた頃の父とのいさかいは文字どおり苦渋の思い出となっている。

一九五〇年六月、わたしは人もうらやむ職場に就職して父母の悦びは一入《ひとしお》だった。だが、たった四カ月ほどで首切りとは白昼夢のようだったにちがいない。一九五一年一月、わたしたちが下関市長府町で活動していた当時、高校生の弟が妻宛てによこした手紙には、「……あの頑固な、普通は黙ってばかりいる父が暮れの三一日の夕方、はるか西の下関の空を眺めながら一人で涙をこぼしていました。このどうすることもできない親の愛情をどうか兄さんに知らせてください……」と、書いてあった。父は正月を前に、レッドパージの苦難の中で懸命に生きるわたしの身の上を偲んで泣いていた。わたしの心もはり裂けるようだった。

思えばこのときから幾星霜、定年退職した父は隣町の外れに小さな精米所を立ち上げて働きつづけていた。国鉄労働者の兄が京都でたたかいつづける弟の情報を父のもとに運んでいた。わたしたち親子をへだてていた氷の壁はとけていった。父も兄も変わって共産党アレルギーを完全に払拭した。そして、参議院選挙では、いつでも全国区立候補の日本共産党「宮本顕治」と書くようになっていた。その大恩は、山よりも高く海よりも深い。次の一文は、父の忌明けにさいして関係者のみなさんに送ったあいさつ状の一部である。

……わたしの父は貧しいながらわたしに学問をさせようとしました。が、戦後第一の反動期に青年期を迎えて、日本共産党員となったわたしとのあいだにきびしい「断絶」を経験しました。とはいえ、たたかいの歳月のなかで、父もまた社会進歩と革新の道を歩み続けるわたしの良き理解者となりました。そして、わたしが一日も早く国政の第一線に立つ日を夢見ながら八九歳の生涯を閉じました。墓前に捧げられた日本共産党の大きな弔花は、草深い里の人々への父の最初でまた最後の政治的アピールとなりました。

いまはただ安らかに眠れと願うのみでございます。

合掌

一九八三年四月三日

有田光雄

嬉しい「証言」

二〇一七年三月一八日、星になった畏友の妻は、東京・青山の無名戦士の墓に合葬された。老々在宅介護六年を経てからの六六年共生の終焉だった。

わたしは、上京して青山斎場の記念式典に参加した。そのとき、会場で手渡された資料袋には「日本共産党京都府委員長　渡辺和俊」と書いたビニール包みに二個のお饅頭が入っていた。わたしはその墓前への思いやりに感動した。

帰宅してから、早速にお礼状を書いて手作りの小冊子「老々在宅介護の消灯ラッパ」を送った。日ならずして委員長からのお礼状が届いた。渡辺さんの葉書には、「有田光雄様やっと少し暖かくなってきましたが、お元気でお過ごしでしょうか？　過日、〈老々在宅介護の消灯ラッパ〉をお送りいただき、早速拝読いたしました。私自身、二度の衆院補選で伏見区にオルグに入り、あのときの奥様の凜としたお話に感動したことを思い起こしました。しみじみとした思いで読ませていただきました。ありがとうございました。季節柄ご自愛下さい」と、書かれていた。

「二度の衆院補選」というのは、一回目が一九七九年一月、二回目が一九八三年八月のことである。この二度の選挙で日本共産党は、衆議院京都二区二議席めざす総力戦で全京都の党組織の総動員であった。和服姿で街頭に立ち演説会場でマイクを握って、「戦友」を語っていた妻の凜々しい姿はいまでも瞼の裏に焼き付いている。

若い渡辺さんも京都市伏見区に派遣されて支部組織の指導・援助にあたっていたのである。京都大学出身の渡辺さんは、この頃京都における共産党の牽引車ともいうべき京都市左京地区の若い活動家だった。

選挙のたびに全力で応援してくれた妻・和子

わたしが、党・京都府委員会を定年で去ったのは一九九〇年の秋だった。当時、渡辺さんは京都・左京地区委員長だったと記憶している。

その渡辺さんがほぼ四〇年後の今日、日本共産党京都府委員長という要職にあって、「あのときの奥様の凜としたお話に感動した」と回顧され、また、

「しみじみとした思い」に駆られたとの読後感に、わたしは深い感慨があった。おそらく泉下の妻も喜んでいるに違いない。それは、また生涯を党とともに歩んできた一老党員にとっての嬉しい「証言」でもあった。

不屈の歴史を受けつぐ

この一文は、畏友の妻の遺品の中からでてきた。二〇〇一年に党歴五〇年を迎えた妻の投稿である。日本共産党の不屈の歴史をうけつぐ覚悟を語って若い人たちを励ましていた。

七九年の歴史をもつ日本共産党の不屈の伝統の中で五〇年の党歴を持つことができたことを誇りに思います。戦中は神風が吹くことを信じた軍国少女の私でした。学生時代に知り合った夫、有田光雄の影響を多分にうけて社会科学研究会に所属、青年共産同盟に入りました。レッドパージをうけた夫と結婚し、その中で一九五一年三月入党しました。この五〇年間の私自身について言えば茨木市民病院民間委託反対のたたかいの中でレッドパージにあい七年間の法廷闘争で勝利しました。また、夫の六回にわたる国政選挙への挑戦を候補者の妻としてたたかうという貴重な経験もしました。
戦前・戦中・戦後一貫して侵略戦争に反対し、命をかけてたたかった党の一員になることは私にとっては使命のような気持ちでした。すでに古希をこえる歳となりました。二一世紀、どこまで往けるのかは解りません。しかし、五〇年前の初心を忘れず、反核・平和の新しい時代のために不屈の歴史を受けついで頑張っていく決意です。

二〇〇一年八月

有田和子

第Ⅱ部

妻を看取る——老コミュニストの介護体験記

ささやかな野辺《のべ》のおくりをすませてから、ゆるゆると遺品の整理をした。なかに、一九九〇年代から発病の二〇一〇年にかけての分厚い二冊の「一〇年日記」があった。それぞれ一日も欠けることなくびっしりと書き込まれていた。

ところが、二〇〇八年七月五日のページには、

「最近忘れることが多くなった。歳をとったせいなのか？　今日は暑い日」

とだけ書かれていた。

このへんから、次第に乱調子になってきている。

そういえば、わたしが二〇軒ほどの『しんぶん赤旗』日曜版配達の肩代わりをするようになったのもこの頃だった。

日記は、翌二〇〇九年八月三日から完全にとだえてしまっている。もう、この頃から病気が進行していたのだ。それでも背後の重大事態に気づくことなく、台所に立ち、洗濯物を干したり畳んだり、絵手紙サークルの段取りをしたり……と、忙しい日々に明け暮れ正月を迎えていたのだ。だが、近所のスーパーに買い物に出かけたときに岐路を逆方向に向かって歩くようなことも起きていた。

会話も次第に困難になって、

「要するに、ようするに、ヨウスルニ」

と、くりかえすようなこともあった。

「いま、裏に洗濯物を干しに出て転んじゃった」

と聞いたときも、まだ異変に気づかない鈍感さだった。

なにしろ、病気らしい病気をしたことのない元気な人だった。だから、八〇歳の坂を越えて迫る老いの闇に、とかくありがちなちょっとしたハプニングぐらいの軽い感覚だったのだ。遅まきながら、転倒が重なるようになってようやく重い腰を上げた。今となっては、なぜもっと機敏に手を打たなかったのか、なぜもっと真剣に立ち向かえなかったのか、と悔やまれてならない。まさに後悔先に立たずである。

仰天の酷知

二〇一〇年六月三日。

かかりつけの「すずき内科クリニック」の鈴木主治医のすすめで、ともかく転倒の原因をつきとめるために京大病院の神経内科に検査入院した。

病院は京都市左京区の大文字山の麓《ふもと》にある。毎日通院してベッド脇につきそう日々がはじまった。病院はわが家からは遠かった。一つ目の経路は、自転車で桂川《かつらがわ》を渡り対岸の京阪淀《けいはんよど》駅から京阪電車に乗り、神宮丸太町《じんぐうまるたまち》駅下車、もう一つの経路は、自転車で阪急《はんきゅう》長岡天神《ながおかてんじん》駅→四条河原町《しじょうかわらまち》駅下車、徒歩で四条大橋を渡って京阪電車に乗り換え、神宮丸太町駅へ。そこから徒歩約一〇分と、いずれも往復三時間はかかった。

病院では、まだ歩行器をつかって歩けたから、トイレ誘導とか、食事の世話とか、いろいろだった。毎日午後三時頃には、車椅子で、病院玄関脇の喫茶店に通った。何も話すことはなくとも、ただ黙って向かい合ってるだけの毎日だった。が、たっぷり一時間はお邪魔したろうか。

夕刻になると、「また明日、早く来るからね」と、毎日同じ言葉を残しながら病室をでた。一人ベッドに横たわる心情を思いやって後ろ髪を引かれながら灯りのないわが家をめざす辛い日々だった。

六月一八日の午後。

検査結果の酷知を、次男の有田和生を交えて三人で聞いた。

三人の医師団は乾いた声で、「大脳皮質基底核変性症《だいのうひしつきていかくへんせいしょう》」の病名と、「二年後の寝たきり・認知症は必至」と告げた。

一瞬、頭の中は真っ白、強い衝撃だった。山あり谷ありの人生八〇年、さまざまな体験をしてたいていの困難には〝免疫〟はあった。が、この衝撃だけは耐えがたかった。

「大脳皮質基底核変性症」という病気はほんとうに残酷な病気だ。根本的な治療法はなく、進行を止める治療法もない対症療法で根治の可能性はゼロ。まことに厄介な難病で、人口一〇万人当たり二人程度の非常に稀な病気といわれている。見かけは大きな変化はないようでも、右脳萎縮と血流低下で言語中枢が破壊され、ために、新聞も次第に読めなくなったし、文字も書けなくなった。語彙が消滅して、会話もオウム返しと応諾の返事だけになった。また、右手・右足の麻痺のために室内の伝い歩きはできても、常時転倒の危険がつきまとって目が離せなくなった。

この病気の残酷さは、むしろ精神生活面でより過酷だった。

語彙が消えていくので電話もできなくなった。家事の何かをしようと焦るのだが、結局は何もできなくなった。焦燥、落ち込み、諦観、辛抱、それがどんなに辛く悲しいことか、見るのも辛かった。まさかあの元気だった妻がと、いくら考えても現実は冷厳。受け止めて立つほかはなかった。

在宅介護スタート

夢想もしなかった介護の日々がはじまった。

妻の健常時代の仕事が全部、一挙にわたしの肩にのしかかってきた。家計の管理から炊事、洗濯、掃除、ゴミだしなどの家事一切にくわえて介護の仕事だ。

退院当時の「要介護4」の認定は、一年後の夏には「要介護5」になった。「要介護5」といえば、「過酷な介護が必要な状態―生活の全般にわたって全面的な介護が必要」(「介護保険法」)とある。ほんとうに無我夢中の毎日だった。

わたしは、戦後日本の激動の時代から労働運動一筋に生きてきた。炊事・洗濯・掃除など家事一切は妻に依存した半生だった。だから、「要介護5」の日々はきびしい試練の日々となった。

「おはよう」、午前四時に第一回の排泄介助、それからまた一眠りして午前六時半に起床。退院の翌月から利用し始めたデイサービスの日は外出着の着用を介助、そして鏡台前に絞った温タオルや入れ歯や野菜ジュースの入ったコップを運ぶ。朝のジュースと夜の野菜サラダは便秘とたたかう必需品だ。

このようにして、介護施設派遣のヘルパーさんが「まるで新婚さんのようですね」と言った共生・介護の一日がはじまる。

そして夜八時半、夕食を終えた妻の口腔清拭から最後のトイレ、ベッドに入る前の妻の足を左右一〇〇回ずつのマッサージ、そして、寝床の妻に「また明日ね」を告げて消灯、それからマッサージチェアに瞬時の憩いを得て一日が終わる。

神も仏も

この頃、とっくに卒寿（数えで九〇歳）をこえた美智子姉（妻・和子の実姉）が、「ほんとうに神も仏も無いことを認識しました。いつも自分は後回しし、人のことを心配していた善良な人間にこのような病いを与えるとは、ナゼ？　ナゼ？　との思いばかりがつのります」と書いてよこした。

神や仏がほんとうにいるなら起こるはずのないことが現に起きている。いったいどうしてなのか？　と考えるのは当然である。仏教の「因果応報」思想では、善い行ないには善い報いがあり、悪い行ないには悪い報いがあるという。が、おかしいではないか。当然、幸せになるはずの人間がどうしてこんな酷い目にあわねばならないのか？　と。

マルクスは「宗教は阿片」と言った。たしかに、宗教には現実の苦難から逃避し、支配者に対するたたかいを放棄させる側面がある。とはいえ、苦悩や不安から逃れたい人間の願いを神仏にもとめる宗教心を軽んじることはできない。遠い将来に社会がうんと変わって、よしんば社会主義・共産主義の時代がきても神や仏はなくならないと思う。なぜなら、病気や失恋、あるいは別離の悲しみなど人間の不幸や苦しみは、どんな社会にあってもなくなるとは思えないからである。

わたしは無神論者だが、妻の父母や妻の眠る長岡京市山中の「柳谷聖苑」の墓参を欠かしたことはない。毎年三・九月のお彼岸と八月のお盆の年三回は、お墓を掃除して綺麗なお花を供え、線香を焚き、音吐朗々「般若心経」をあげて大恩に感謝。それから「また来るからね」と言ってから山を下りる。

唯物論者を自認する人間が、ときに観念的感性の世界を生きることもある、という事例だ。社会的慣習の力の恐ろしさである。大道もあれば脇道もある。それが人間という動物の面白いところではなかろうか。

人は誰も自分の人生体験をもとにして、そこから教訓をひきだしながら進歩してきた。今度のことで、「ほんとうに神も仏もないことを認識した」というのは、あるいは美智子姉が到達した理性宣言なのかもしれない。

通所介護の初体験

二〇一〇年七月一二日。

この日から、阪急長岡天神駅近くにある介護施設「朝凪《あさなぎ》」（二〇一二年六月からは「なごみの郷」、一三八ページ参照）で、毎週二日（月・金）のデイサービス利用をはじめた。

朝九時、送迎車がきて夕刻四時には帰宅。

迎えの朝はきまって、「人間は群れの動物だからね。毎日、二人だけで鼻つきあわして暮らすよりも、みんなと一緒に、ああ、頑張ってるのはわたし独りではないんだな、と見ておいで」などと語りかけて送っていた。これから未知の世界に挑戦する妻の不安を解消する小さな努力だった。

デイサービスは、介護のプロに預ける安心感はもとよりだが、二人の気分転換やストレス解消にも大いに役立った。

「朝凪」は、入浴や昼食などの生活援助をはじめ、手芸などのレクリエーション、買い物やお花見などのお出かけもあったりして、大いに生活意欲を刺激してくれた。それに大好きな「わんちゃん」もいて、抱っこして時間を忘れることもできた。

特に、デイサービスでの入浴は大助かりだった。おかげで週二回（水・日曜日）のヘルパー二人組による在宅入浴をあわせて週四回の入浴が確保できた。

デイサービスの日のわたしは、自転車を駆って約二〇分、ＪＲ長岡京駅近くのスポーツジムに通い、買い物をして帰るのを常にしていた。

これは、初のデイサービス利用の日、「朝凪」からの連絡文書である。

有田和子様のご家族様

二〇一〇年七月一二日

本日よりデイサービスセンター朝凪に通所していただき、ありがとうございます。

今日は初めて来所され、ご本人様も少し緊張されておられたようです。健康確認のため、血圧93／55　脈拍51　体温36・6度を測らせていただきました。普段から血圧は低めだとおっしゃっていましたので、とくに問題はないかと思います。午前中に入浴を済ませ午後からは職員と一緒に絵手紙製作に取り組まれ一生懸命に描いておられました。

その後、個別機能訓練としましては、日常生活動作・歩行状態等の確認をさせていただき、運動を行ないました。（ストレッチ、筋力増強訓練、基本動作訓練、平行棒内歩行・シルバーカー歩行訓練）

さまざまなことに一生懸命取り組み、とても穏やかな方だと印象を受けました。本日は、連絡用の在宅療養手帳を持参されてなかったので、お便りさせていただきました。力不足の面が多々あると思いますが、今後ともよろしくお願いいたします。

デイサービスセンター「朝凪」

施設からはデイサービス利用をもう一日増やして、月・水・金の三回にしてはどうかとの提起もあった。が、それだけ二人一緒の時間が減る。できることなら一日減らしたいくらいだった。結局、毎週二回利用を亡くなる直前まで続けた。変な言い方だが、せめてもの「抵抗」だった。

わらをもすがる

二〇一〇年一〇月に入ってから、有り金はたいてトイレや浴室などの大改造をした。在宅介護には、歩行器や車椅子の使えるトイレや風呂場への改修が絶対必要だったからである。第一、狭い廊下のトイレや浴場ドアのタテ開きでは、車椅子の出入りが難しい。また、小さな段差もなくし、家中に手すりを張りめぐらしたり、あるいはトイレも紙をつかわないでもいいように乾燥風のでるウォシュレットをつけたりなどの工夫をこらした。

改修工事は京都市北区の「地域に根ざす設計舎・タップルート」の設計、施行は長岡京市の「小倉工務店」に依頼した。どちらも利用者本位の民主的経営である。設計事務所の「タップルート」は、福祉施設や保育園、住宅などさまざまな設計を手がけている。「地域に根ざす」との理念から、たとえばトイレと脱衣場の壁を二連開閉式の扉にすることで、車椅子が自由に動かせるようになって大助かりだった。

改修工事は完工までに約一カ月かかった。工事費の総額は、設計料三八万円をふくめて約四〇〇万円、そのうちの約五〇万円ほどが役場からの補助金で大いに助かった。

ともかく、わらをもすがる思いの日々だった。

「新脳針治療」と銘打つ鍼灸治療に飛びついたのもこの頃だった。

「パーキンソン病に光明!!　ふるえ・歩行障害・ことば障害・嚥下障害など脳神経と患部を接続し微弱電流を注入」（『日刊ゲンダイ』二〇一〇年一〇月一日付）で紹介された、大阪府大東市の前田鍼灸・接骨院の「ご案内」パンフには、「全身の症状の原因は脳にあると考え頭皮に刺激を与えて脳の機能を活性化させる前田鍼灸独自の治療法です」とあった。治療費はけっして小さくないが意を決して、一〇月一二日から三〇日まで院付属の宿泊センターに逗留、二次にわたる集中治療を受けた。毎日、午前・午後の二回、一回四〇分、ツボに打った鍼をつないで電流を流す治療法だった。

わたしは毎日、電車を乗り継いで通院した。大阪府大東市は遠い。自宅から桂川対岸の京阪淀駅までは自転車。京阪電車で京橋《きょうばし》駅まで、ここからまた片町《かたまち》線に乗り換えて住道《すみのどう》駅下車、さらに徒歩一〇分とゆうに往復三時間はかかった。

長男の嫁の晴子は連泊の集中治療生活をともにすごしてくれた。晴子は、京都府向日ヶ丘養護学校の教師をしていた。わたしの最初の選挙の際に妻・和子が電話戦術で晴子の借間を訪れた際に広告紙を半裁してメモ用紙にしていた。それを見た妻は、「この節、感心な若者もいることよ」と、それがもとで息子の嫁になったいきさつがある。だから世間によくある嫁姑問題などとはまったく無縁の仲の良さであった。

晴子は「すでに歩行器を使用する状態の母は、室内の移動もかなり不自由になっていたが、穏やかに真摯に周囲に感謝しつつ治療に取り組んだ。食事の準備、買い物、身の回りのことと、わたし自身も時間に追われるなか、思えば結婚以来、母と二人きりのほんとうに心落ち着く日々だった」と、述懐している。

健常時代には針灸の類は大嫌いだった人が、連日の治療と加圧トレーニング、リハビリなどに取り組む姿はほんとうに涙ぐましいものだった。「ほんの少しでもいいからよくなって欲しい」と、わたしたちの願望も切なかった。高額の「投資」だった。が、効果のほどははっきりしなかった。ただ、進行中のわが家の改修工事の騒音から逃れえたことだけは確かだったが……。

「生きてるうちは頑張らんとなあ」

「春が近いね」

「春が来てもわたしには何にもいいことない」

「そんなことないよ。生きてさえいればまたいいこともあるさ」

こんな会話を交わしながら、新しい年を迎え、春を望んでいた。

東京に離れて暮らす長男・有田芳生が、闘病初期の頃の母について、「あるとき、言葉も少なくなってきた母がつぶやいた。〈生きてるうちは頑張らんとなあ〉……。いまでもその思いを心のなかでくり返しながら病魔とたたかっているのだろう。父と母がいて、いま、わたしがここにいる。奇跡とも言える生きていること……」と、述懐している。

「生きてるうちは頑張らんとなあ」と、夢想もしなかった難病に正対して懸命に抗って生きる不本意。これはその中から生まれてきた挑戦の「哲学」だった。

なんといっても、被介護本人のガンバリズムは抜群だった。一九九〇年代、まだ介護保険制度のない時代に実母の在宅介護に専念して看取った後、京都府大山崎町の社会福祉センター「なごみの郷」の自主的ボランティアに登録して文字どおり手弁当で地域活動をやりぬいてきた人である。

その根性は闘病生活のなかにも脈々と生きていた。

在宅介護は、あたかも登山に似ている。わたしたちは六二歳の年に富士登山を決行した。徹夜のせいもあって八合目からが難儀だった。相棒の妻は平気だったが、わたしは「世の中でこんなしんどいこともあるのか」と思ったくらいだった。ツアー同行の八割の人々は途中でリタイアした。だがわたしは、「いったん登ると決めた以上は死んでも登る」と不退転だった。

登山が自分とのたたかいであるように、在宅介護も同じことだ。苦しくとも一歩、一歩と頂上をめざして不退転。まさに「生きてるうちは頑張らんとなあ」を地でゆく人生的挑戦だった。それにしても、登山の終始、どこまでも平気の平座だった相棒には脱帽あるのみだった。

「押しつけ介護」との訣別

「要介護4」から「5」へのほぼ一年、まるで急坂を転げるように病状が悪化した。その急進展の現実に意識がついていかなかった。

まだ歩行器を使用して歩いていた頃のことである。

身体を動かさなくなったし、食事の量も減ったりして、ひどい便秘におそわれた。それを下剤で解決しようとしたから大変だった。朝は大で、昼は小で……と、一日に何回も衣服の汚染を処理することもあった。

そんなことから、つい、いらいらして、ちょっとしたことでも大声をだしたり、粗暴なあつかいをしたりで、

「乱暴にしないでね」

「おこらないでね」

「パパはコワイ」

などと、抗議の声をあびることがあった。

そんなときはきまって、終日激しい自己嫌悪に落ちこんだ。こんなことで良いのか？相手を傷つけながら自分がより深く傷ついていた。反省↓再発↓反省↓再発……と、まるで尺取り虫みたいだった。

だが、二〇一一年七月、転倒による第二腰椎圧迫骨折《だいにようついあっぱくこっせつ》での入退院をきっかけに、これまでの介護理念と介助姿勢に根本的なメスを入れ、不本意なマイナス現象にピリオドを打った。

もちろん、その後も相変わらず便秘とのたたかいはつづいた。

が、どんな〝失敗〟でも、

「お通じがあって良かったね。頑張ろうね」

と、励ましながら処理するようになった。

わたしは生涯を労働運動一筋に生きてきた。そこではセクト（宗派）主義とよぶ悪弊とのたたかいが常に問題になってきた。セクト主義の考えや行動は、相手の立場を無視して、ある一定の規範をもとに、「こうあるべきだ」とか、「こうあるはずだ」とか、あるいは「でなければならない」を押しつける。「べき」にしても「はず」にしても、あるいは「でなければならない」にしても、いずれも願望、期待、希望の表明ではあっても現実ではない。実態から離れている。実態からはなれた行動はかならず失敗する。現実に向き合わない行動には根拠がないからである。

介護の世界でもまったく同じことである。

たとえば、「失禁すべきでない」とか、「食べるべきである」、あるいは「眠るべきではない」などと考えてみてもまったくのナンセンスである。実態からは遠く離れている。わたしは、不慣れな介護の数多《あまた》の苦い経験からしっかり学んだ。そして、介護世界でのセクト主義ときっぱり手をきった。とはいえ、セクト主義はいつでもどこでも、少し油断するとすぐに頭をもたげてくる〝難病〟のようなものだ。だから、つねに意識して乗り越えるようにしなければすぐもとにもどってしまう。その点では、セクト的介護とのたたかいは、まさに終わりのない宿題みたいなものかもしれない。

❖ショートステイ「春風」への手紙（二〇一一年度）

二〇一一年五月開設の老健施設「春風」は、わが家から徒歩一〇分ほどの所にある。「在宅強化型老健」で、「在宅生活の支援施設」「医療機関と自宅をつなぐ中間施設」「地域リハビリの中核施設」としての使命を果たしている。わたしたちが「春風」のショートステイを利用しはじめたのは同年六月からだった。

わたしは、ショートステイの朝が来るときまって、「今日から毎月一回のショートステイだからね。あんたがまだ元気な頃に福岡で学会があって独りで旅行したことがあったね。

二泊三日で、そのときは別府温泉に泊まって地獄巡りしたのだっけ。ショートステイもそれと同じで小さな旅行だと思って行っておいで」などと、語りかけて気持ちを和らげるように努めていた。なにしろ、わたしたちは旅行といえばいつも一緒で独りの旅行などは例外だった。ほんとうは行きたくないのだが、「わたしが行かないとパパが休まらないから」と黙って送迎車に乗るのを見送っていると、いつでも涙がこぼれた。

独り暮らしの無言の三日間。「いつかは、こんな日常がくるんだな。いやだな。だが、今はまた三日すれば会える」などと思ったりしながら……。

ショートステイのときには、大きな変化のないときはたいてい現在の身体状況と問題点、お願いなどの手紙を託していた。全部で二一通あるが、二〇一三年度だけすっぽり抜けている。この年は、入院・加療などとは無縁に「元気」に暮らしていたのが手紙不存在の理由である。

いまあらためて読み返していると、走馬燈のようにあれこれと思い返されてくる。これこそまさに、在宅介護六年の不屈の闘病と懸命介護の〝交響アンサンブル〟といえるのかもしれない。

❖第一信＝六月二九日

前略、お世話様です。昨日お話できなかった本人状況について摘記します。

一、病状について

①二〇一〇年三月。京大病院脳神経内科にて、「大脳皮質基底核変性症」と診断され、以来、闘病生活が続いています。

②一〇万人に二人という難病です。最近、歩行器での自力歩行はほぼ不可能となりました。

③語彙が消え会話は困難でオウム返しです。文字は書けません。読むことも困難です。

二、排泄について

①二〜三カ月前までは酷い便秘が続きました。

②最近、電気椅子（体内に高電圧を通す医療器具）の常用や雑穀入りの飯米、起床時の野菜ジュースや野菜サラダの摂取などの努力で朝食後の排便ができています。電気椅子は便秘解消に有効です。

③ただ、健常時から旅行中の便秘は普通でしたから今回も同じと思います。

④小用も自力ではできません。
⑤昨晩の状況は次のようです。
就寝―午後九時＝第一回睡眠導入剤服用
第一回排泄―午前一時半＝第二回睡眠導入剤服用
第二回排泄―午前五時
起床―午前六時
（注）通常は二回も睡眠導入剤の服用はしません。が、はじめてのショートステイに備えて敢えて服用させたものです。
よろしくお願い申し上げます。

❖第二信＝七月二六日
お世話になります。わたしは、ショートステイ当日の七時半に就寝して翌朝七時に起床とひたすらの睡眠でした。今回もできるだけリラックスして八十路の過酷な介護労働に耐えるようにしたいと思います。
前回のお手紙で書いたことと基本的に変化ありません。

主治医の先生はお襁褓《むつ》の使用を勧めています。が、彼女にはまだ物につかまれば充分に立つ力が残っていますので、できるだけお襁褓は使用しないでいきたいと考えています。現在も以前と同じように、午前一時〜二時に排泄介助を行なっています。次は起床時の六時で間に合います。そうすれば失敗は免れます。尚、昨晩は午前一時に本人が起き上がってきました。ベッドセンサーを使用していますのですぐに対応、約一〇分間の作業でまた寝につきました。睡眠眠導入剤は就寝時に一錠だけ飲んでいます。

以上の次第ですので、「春風」さんでも午前一時の排泄介助をよろしくお願い申し上げます。

❖第三信＝九月二七日

何時もお世話になります。有り難うございます。介護状況について摘記してお願いに代えます。病状の基本的変化はみられません。とはいえ次第に機能後退が進行していますので御所での適切対処をお願いします。

一、食事について

箸の使用はできません。代わりに持参のような「多機能スプーン」を使っていますので食事の際に手渡してください。自宅での三食は、わたしが口に運んでいます。とろみはつけていません。時々、酷《ひど》くむせることがあります。

入れ歯の着脱、援助してください。

二、排泄について
便通はだいたい二日おきでときに失禁があります。

前回、「……現在も以前と同じように、午前一時〜二時に排泄介助を行なっています。次は起床時の六時で間に合います。そうすれば失敗は免れます。……」と書いています。
①就寝は毎日だいたい午後八時半です。前回、「午前一時〜二時に排泄介助」と書いていますが、睡眠四〜五時間で、朦朧状態でズボンを下ろす前に排尿することがありましたので、その後はベッドセンサー頼みで起こさないようにしました。
②最近、大容量（一四五〇CC）のパッドのお陰で夜中の洗濯を免れるようになりました。排尿は起床前の一〜一時間半くらいに行なうようです。やはり、睡

眠六時間～七時間してから排泄介助作業にかかったほうが良いように思いますので、前回「春風さんでも午前一時の排泄介助をよろしくお願い申し上げます」と書きましたが、これは撤回してこれからは御所のご判断にお任せます。

以上、何卒よろしくお願い申し上げます。

❖第四信＝一〇月二六日

何時もお世話になり有り難うございます。介護の現状について摘記してお願いに代えます。御所での適切な対処をお願いします。

基本的には先月と変わりません。ただ――

排泄について

①就寝は毎日だいたい午後八時半です。

②便通は電気椅子のお陰でだいたい順調です。が、ときに失禁があります。

③最近、大容量（一四五〇ＣＣ）パッドのお陰で夜中の洗濯を免れるようになりました。排尿は起床一～一時間半くらい前に行なうようです。早朝六時にはたいていお襁褓をポテポテにして起床します。

④数週間前から大便が出るのが分からなくなっています。
何卒よろしくお願い申し上げます。

❖第五信＝一一月二八日

何時もお世話になり有り難うございます。今度はじめて二泊三日の利用です。その後の状況について摘記します。適切な対処をお願いします。

一、食事について（前回と変化なし）

①箸の使用はできません。代わりに持参のような「多機能スプーン」を使っていますので食事の際に手渡してください。

②自宅での三食は、わたしが口に運んでいます。

③物によりとろみをつけるようにしています。

④時々、酷くむせることがあります。

二、入れ歯の着脱は自力ではできません。介助してください。（前回よりも悪化）

三、衣服の着脱はできませんのでお願いします。（前回と同じ）

四、朝の化粧はローションと口紅、それに眉引きの三種ですが、キャップの着脱など自力では困難です。介助を願います。

五、排泄について（前回よりも悪化）

①就寝は毎日だいたい午後八時半です。

②大小便通の自覚はほとんど無くなりました。ときに失禁があります。

③最近、大容量（一四五〇ＣＣ）お襁褓《むつ》で夜中の洗濯は免れています。

以上、何卒、よろしくお願い申し上げます。

❖第六信＝一二月二六日

何時もお世話になり有り難うございます。前回の二泊を心配していましたが、なんと言うこともなく終わってホッとしました。

一、起床時に背中を痒がりますので持参のローションを塗ってください。

二、入れ歯の着脱は自力ではできませんので介助してください。

三、衣服の着脱はできませんのでお願いします。

四、朝の化粧はローションと口紅、それに眉引きの三種ですが、キャップの着脱など自力では困難なので介助を願います。

五、排泄について

①起床時、鏡台前の約二〇分の作業が終わるとトイレに誘導しています。多くの場合に大便の排泄があります。

②「空振り」でも食後にもう一度トイレに誘導してます。断る場合もあります。

六、就寝時の睡眠誘導剤使用は中止しました。

以上、何卒、よろしくお願い申し上げます。

良いお年をお迎えください。

全肯定的・激励型介護への転換

在宅介護は次第に軌道に乗った。

セクト主義的介護の悪弊を打破し、全肯定的・激励型介護が日常になってきた。ともかく、「生きてるうちは頑張らんとなあ」を生活哲学にしているガンバリやさん相手のこと、むしろ介護者のわたしのほうが元気をもらうような日常だった。

肝心なことは、押しつけ型介護はダメ、引きまわし型介護もダメ。すべてが病気の結果であることをしっかり頭の中にたたきこんで、いつも寄り添い、励ますような全肯定的・激励型の介護を心がけることである。

(イ)自分だったらどうして欲しいか、欲しくないかを考えること。

(ロ)現実をしっかり受けとめ、実態にあわせた介助をすすめること。

(ハ)すべてを病気の結果からと理解し、何ごとにつけ激励すること。

試行錯誤の末に、わたしが到達したのはこの三原則の実践だった。以来、わたしはどんなことがあっても常に笑顔で対するようになった。妻はそんなわたしに満足していた。

一生懸命生きてます

妻は毎朝七時には笑顔で起きてくる。

「おはよう、今日はどこにもいかないからね。二人でゆっくり暮らそうね」

ヘルパーさんの来宅でトイレと着替えとお化粧と。

その間に、わたしは洗濯物を干したりゴミをだしたり。朝食は四〇年間つづいているバナナジュースとパンに野菜。野菜は柔らかいアボカドなどを調理。わたしの介助で四〇分ほどかけてきれいに平らげる。それから粉末薬をゼリーにまぶして服用。

昼食は嚥下《えんげ》容易な「ふっくらお粥」に海苔や卵豆腐、あるいは特製の「やわらかおかず」などをポチポチ。なにしろ八〇歳の坂をこえるまで調理などはまったくといっていいほど無縁に過ごした男のこと、初めのうちはたいへんだった。が、次第に熟達してなんとかこなせるようになった。

ともかく誤嚥《ごえん》しないようにゆっくりゆっくりはこぶ。ときにひどくむせることもあったが、とろみをつけて自力摂取をつづけていた。

ときに「美味しいか？」と問うと、

「オイシイ　オイシイヨ」

と、答える。が、ときには、

「オイシナイ」

そんなときは大あわてで料理チェンジだった。

そして、昼食後に約一時間の昼寝。日課のない火曜日の午後とか水曜日午前、あるいは土曜日、日曜日の午後などはテレビを観たり、ＤＶＤの映画を観たりして過ごすのだが、会話のない一日はほんとうに長く感じる。

大枚を投じて、「男はつらいよ」のＤＶＤシリーズ五〇巻を買いそろえたのもそのためだった。以前に息子の有田芳生がプレゼントしてくれた電気椅子は、不眠・肩こり・便秘・頭痛に効くと効能書きにある。それを午前・午後に一回はかならずかけさせ、その間、わたしは夕食準備などを行なった。また、天気の良い日には車椅子をおして近所のスーパーに買い物に出かけ、買い物カゴを妻の両膝に置いて売り場をクルクル回ると気分転換になった。また、少し遠いが、車椅子を押して阪急西山天王山駅ちかくの小公園に大きな馬の立像があるのでそこまで出かけることもあった。

毎週、月曜日と金曜日はデイサービスの日。

朝食後「今日も一日頑張ろうね。夕方四時には待ってるからね。生きてるうちは頑張らんとなあと、教えてくれたのはあんただよ」などと語りかけて送り出した。ご近所にも同じような老々在宅介護のご夫婦がいた。たまたまの出会いで、お連れあいさんは「妻はデイサービスもショートステイも行きたくないと言い張るので利用したくてもできません。仕方がないです」と、嘆いていた。

だが、わが妻のほうは充分な聞き分けがあった。

美智子姉によれば、まだ電話で話しができていた頃、「ほんとうは行きたくないけど、わたしがデイにいかないとパパが休まらないからね」と語っていたとのこと。健常時代から、いつも自分のことより、まずわたしのことを考えてくれる人ならではのことだった。

夕刻、デイサービスの日もふくめて、たいていは電気椅子から食卓にうつり、六時から「宅配」の特製弁当と「ふっくらお粥」などで夕食。たいてい七時前になると、「きょうと福祉倶楽部〈註〉」を経営する次男の有田和生がしゃばの空気を運んでくる。にわかに活気をとりもどした食卓を三人でかこんで約一時間。

夕食を終えると入れ歯をはずし、歯茎をみがいて口腔の清拭《せいしき》。そして両手首に血行促進のお灸。それから両足のマッサージなどしてから就床。消灯は午後八時。まるでスタンプを押すような闘病日課の実践だった。だが、スタンプを押すような日々がつづいてこその在宅介護だった。

生きていてくれさえすればそれで十分だった。

〈註〉きょうと福祉倶楽部＝二〇〇四年七月、京都府長岡京市で開所。高齢者、障がい者の人権擁護をモットーに活動、長岡京市・向日市・大山崎町などをサービス対応地域として根をおろしている。憲法二五条の「健康で文化的な最低限度の生活」を保障するため、あらゆる介護資源の活用をはかり、社会保障改悪の波に抗して地域の福祉拠点の役割を担いつづけている。代表者は次男の有田和生。

「失ったものを数えるな、残ったものを最大限に生かせ」

「おはよう！　生きてるか？」

サイレントな空間めがけてジョーク一発。

すると、笑顔とともに「イキテルヨ、イキテル」。

午前七時、毎朝返事の寝室風景だ。笑顔を見ると元気がでる。

「がんばろうね、今日も」

と、電動ベッドを操作、高さ三二センチ、上半身七〇度に起こし、両足を床におろし両脇に両手をさしこんでいっきに車椅子に移す。文字どおりの瞬発力だ。

余談になるが、筋力衰退の老躯にはこれが案外の重労働である。

二〇一三年六月、右手の「帯状疱疹《たいじょうほうしん》」に見まわれ、箸も持てない激痛のなか、「お控えなすって」スタイルの三週間を夢中で過ごした。毎日、歯を食いしばって車椅子を押した。次男の有田和生が探してくれた京都府庁近くの「ペイン・クリニック」に週一回テンポで通院した。そして、毎回、うなじから背骨にむけて太い針を刺した。その痛いこと話にならない。

理学療法士による毎週水・木曜日のリハビリ

通院まる一カ月はゆうに過ぎた。ついには東京の孫たちまでも加わる一家総動員体制でなんとか窮地を脱したものである。

「生きてるうちは頑張らんとなあ」。けだし、この言葉にピッタリのリハビリが水・木曜日である。「アリタさん、歩きますか?」「肩をつかんでください」と、理学療法士さん。

ズボンの両端をしっかり握ったとたんにズボンが吊り袋に変わり、リビングから寝室までの往復五〇歩ほどを「歩」いた。

抱えてもらいながら左足は踵から、右足はつま先から、

「イッチ・ニ、イッチ・ニ」

と、一生懸命に「歩」いた。それからベッドに

腰かけて、ストレッチ（柔軟体操）二〇分、「帰路」をまた「歩」いた。

総じて四肢、体幹、筋力維持の特訓である。

二〇一〇年一二月から車椅子になってもう久しい。右半身不随は痛ましいほどだった。しかし、左足を主にした立位力が残っていた。だから、車椅子への移乗作業や、自然排便などもできていた。二足歩行のリハビリこそ、まさに人間の原点への挑戦、ガンバリズムの面目躍如だった。

パラリンピックの父、グットマン医師（一八九九〜一九九〇）は、

「失ったものを数えるな、残ったものを最大限に生かせ」

と、言っている。

わたしたちは、ほんとうに多くのものを失った。とはいえ、まだ立位力も嚥下力も、また春日のような人柄や周囲をほっとさせる笑顔も残っていた。だから文字どおり、「生きてるうちは頑張らんとなあ」の根性で懸命の二人三脚がつづいた。

集団力こそ原動力

「わたしがゴホンゴホンと咳をしたら、お母さんがね、〈風邪引いたの？〉と言ったよ」「〈コスモスとってきたの？〉と聞いたらね。〈きれいでしょう〉だって」

と、はずんだ声は早朝介助の若いヘルパーさん。言語中枢の破壊のために、オウム返ししかできない妻の悲しみを共有する人ならではの喜悦の声だった。また、次男の有田和生が、

「いつもどおり母の就寝準備に実家へ。ほとんど喋ることのできない母の口から、か弱い声で〈ありがとうございます〉と確かに聞いた。息子に敬語を使う必要はないのに。それに大切な母。礼などいらない」

と、ツイッターしていたのもこの頃だった。

わが家の在宅介護生活の中軸は、「きょうと福祉倶楽部」教導による「有田和子週間闘病計画」であった。

「計画」は、毎日の早朝身支度（一時間）からはじまって、昼食介助（一時間）、週二回

の入浴（水・日、各一時間）と、木曜日午前の散歩（一時間）、それに、鍼灸師（火・木・土、各三〇分）、理学療法士（水・木、各三〇分）、看護師（火、一時間）、歯科衛生士（月一回、三〇分）などの専門職で編成されていた。また、本田歯科クリニック（京都市伏見区）の電話一本での訪問診療も大助かりだった。

毎日、それこそ雨の日も風の日も早朝からのヘルパー来宅であった。生活介助は食事介助をふくめ、お襁褓《むつ》の取り替えから衣服の着脱や洗顔など、一人の人間が生きて行くうえでの基礎的なことがらすべてだった。

とかく世間では、他人の出入りが嫌でヘルパーを忌避する人が少なくないと聞いている。しかし、大事なことは一人で抱えこまないで心も家も開放してかかることだと思う。八十路の在宅介護は、これら助っ人集団のあたたかい協同によってささえられていた。

経済学では協業《きょうぎょう》による集団力が問題になる。

協業とは同じ生産過程、または関連する生産過程で多数の働き手が計画的に協力して行なう労働形態のことである。大勢の労働者が協同的・組織的に働いて一つの大きな力をつくりだすのである。明らかにそれは、たんなる個別的労働のトータルとは区別されるより大きな力である。

介護の世界の助っ人集団もまた、それぞれ異なる仕事をしながら、全体として一つの大きな集団力を形成している。この集団力こそが在宅介護の原動力である。

とはいえ、何事にせよ物事には軸がある。在宅介護の中軸はなんと言っても、一番身近なわたしである。わたしがシッカリしないと車は回らない。だから、好きな「般若湯《はんにゃとう》」（アルコール）も控えるようにして節制と健康第一。慎ましく、かつ、しなやかな緊張の日々だった。

利用者負担と訪問入浴

有田和子の一週間の闘病実践計画表は、介護世界の集団力の具体化だった。この計画表は在宅介護二年目の二〇一一年に作成して、それから毎年、一三、一四、一五年と続いて一六年六月、死去の年に終わっている。全部で五枚ある。

わたしはこの計画表を冷蔵庫に貼りだし、いつでもこれを見ながら動いていた。一日として変わることなく、まるでエスカレーターにのったような日々だった。

「計画表」の二〇一〇年、一一年はない。それはこの二年ほどは、まだ歩行器を使って歩いていたし、食事もトイレもなんとか自力でこなしていたからである。ヘルパーや鍼灸、理学療法士によるリハビリもまだ必要としなかった。

ところで、この頃の在宅介護に必要とした経費である。

二〇一二年、年間サービス費用の総額は約三二万円、保険給付額が約二九万円で差し引き三万円の利用者負担だった。ただし、この計算には、デイサービスやショートステイの保険外負担（部屋代）は入っていない。医療費の自己負担は、「特定疾患」（難病）と障がい者医療の両方だから負担ゼロだった。それに年間の「特別障害者手当」が月額約二万八〇〇〇円あったから、「もちだし」は軽減され大助かりだった。その点、四年後の二〇一六年の年間サービス費用総額は約三八万五〇〇〇円、利用者負担は約三万八五〇〇円で、二〇一二年に比べると約八五〇〇円の増額となっている。

二〇一二年と一六年の二つの「闘病実践計画表」には顕著な違いがある。入浴である。二〇一六年の「アサヒ」とあるのは、「アサヒサンクリーン」で、毎週水曜日に温湯入浴用タンクを備えた自動車で来宅、男女ヘルパー二人と看護師一人で、折りたたみ式ビニール製プールを据え付けて入浴させていた。日曜日の入浴はなくなって、ヘルパーの「清拭」だけになった。これまではリフトを張りめぐらした家のお風呂に入っていたが、

【2012年】	
	闘病実践計画表
月	ヘルパー　7：30～8：00 デイサービス「なごみの郷」　9：30～16：10
火	ヘルパー　7：30～8：00 鍼灸「一鍼院」　10：30～11：00 リハビリ（看護師）　11：00～12：00
水	ヘルパー　7：30～8：00 ヘルパー　12：30～13：30 入浴介助（ヘルパー）　13：45～14：45 リハビリ（理学療法士）　16：00～16：30
木	ヘルパー　7：30～8：00 散歩（地域）　8：30～9：30 リハビリ（理学療法士）　11：30～12：00 ヘルパー　12：30～13：30 鍼灸「一鍼院」　16：00～16：30
金	ヘルパー　7：30～8：00 デイサービス「なごみの郷」　9・30～16・10
土	ヘルパー　7：30～8：00 鍼灸　「一鍼院」　9：00～10：00 ヘルパー　12：30～13：30 歯科衛生士（月1回）
日	ヘルパー　7：30～8：00 入浴介助（ヘルパー）　10：00～11：00 ヘルパー　12：00～13：00

註：「リハビリ（看護師）」は、看護師による全身状態の観察をさす。

【2016年】	
	闘病実践計画表
月	ヘルパー　7：15～7：30 デイサービス(なごみの郷)　9：00～16：00
火	ヘルパー　7：15～7：30 鍼灸「一鍼院」　10：30～11：00 リハビリ（看護師）　11：00～12：00 ヘルパー　12：00～12：30
水	ヘルパー　7：15～7：30 リハビリ（理学療法士）　11：30～12：00 ヘルパー　12：00～12：30 訪問入浴（アサヒ）　14：00～14：50
木	ヘルパー　7：15～7：30 散歩（地域）　9：30～10：30 リハビリ（理学療法士）　11：30～12：00 ヘルパー　12：00～12：30 鍼灸「1鍼院」　16：00～16：29
金	ヘルパー　7：15～7：30 デイサービス「なごみの郷」　9：15～16：00
土	ヘルパー　7：15～7：30 鍼灸「一鍼院」　9：00～9：30 ヘルパー　12：00～12：30 歯科衛生士（月1回）
日	ヘルパー　7：15～7：30 ヘルパー（清拭）　10：00～10：30 ヘルパー　15：00～15：30

二〇一五年秋の「大病院ハシゴ体験」以後は、足が伸ばせなくなり、「訪問入浴」に頼らざるを得なくなった。

「アサヒ」さんは、来宅すると、すぐにリビングを浴室に変えて、ベッドの妻を診察、それから二人で担いでプールに入れて丁寧に頭やボディなど全身を洗ってくれていた。お風呂の好きな妻の満足そうな顔を見ていると、介護保険で一回一二三〇円の利用代金をほんとうにありがたいと思った。

❖ショートステイ「春風」への手紙（二〇一二年度）

前年は八月を除いて、毎月のようにショートステイのお世話になった。最初は一泊二日だった。が、それでは利用目的が不十分ということで一一月からは二泊三日となった。たしかに一泊では休養もなにもあったものではなかった。ともかくひたすらに寝る。それがショートステイのたまもので日頃の寝不足を解消して元気になった。とはいえ、二泊三日になっても庭の雑草との格闘や原稿の執筆、買い物などと結構多忙な三日間だったが……。

❖第一信＝一月二四日

老々介護もほぼ二年になろうとしています。八二歳の老人の介護技術はいつまで経っても進歩がなくて困ったものです。この一カ月、大きな変化もなく暮らしてきました。何時もお世話になりほんとうに有り難うございます。

以下、特にお願いしたいことを列挙させて頂きます。

一、起床時に、背中を痒がりますのでその場合は持参のローションを塗ってください。

二、入れ歯上下の着脱を介助してください。

三、衣服着脱はできませんのでお願いします。

四、朝の化粧はローションと口紅、それに眉引きの三種です。
五、食事は毎回介助しています。時にむせることもありますが、たいていは順調に進行しています。
六、排泄について
①起床直後に排便する時もあります。鏡台前の約二〇分が終わるとトイレに誘導して大便の排泄があります。
②「空振り」でも食後にもう一度トイレに誘導しています。
以上、ほぼ前回と同じですが、何卒よろしくお願い申し上げます。

❖第二信＝二月二二日
雪模様もようやく峠をこして春が来ます。
何時もお世話になりほんとうに有り難うございます。この一カ月、とりたてて変化はありませんが、機能低下は徐々に進んでいるように思います。
以下、特にお願いしたいことを列挙させていただきます。
一、毎朝、起床時に背中を痒がりますので持参のローションを塗ってください。

二、衣服着脱はできませんのでお願いします。
三、入れ歯上下の着脱を介助してください。
四、髪を梳《す》いてください。頭を痒がりますので油の代わりにガングレーション（特製ローション）を塗ってください。結構、油の代用です。
五、朝の化粧はローションと口紅、それに眉引きの三種ですが、眉引き、口紅などお願いします。
六、食事は毎回介助しています。時にむせることがあります。
七、排泄について
①起床直後に排便する時もあります。が、たいてい鏡台前約二〇分の作業が終わるとトイレに誘導して大便の排泄があります。
②「空振り」でも食後にもう一度トイレに誘導しています。
今回もほぼ前回同様です。何卒よろしくお願い申し上げます。

❖第三信＝三月二二日
ようやく春らしくなってきました。いつもお世話になりほんとうに有り難うございます。この一カ月、ちょっとした変化がありましたのでご報告します。

二月末の主治医診察の際に、一年以内の「胃ろう」の造設を勧告されました。急遽、長男も東京から駆けつけお話を聞いて、今、対峙の状態にあります。いずれ結論をださねばなりません。

先週のデイサービス「朝凪」からの連絡帳を紹介します。

「入浴時腰部にかき傷認めています。持参の軟膏塗布しています。本日から昼食小刻みのトロミかけして摂取していただきました。時にムセあるもムセ込むようなことはありませんでした。声かけにしっかり返答あり、笑顔が見られることもあります。午後、臥床休息されています」(三月一九日)

徐々に機能低下が進行しているように思います。

【お願い】

ショートステイ最終日の二四日午後五時一〇分に歯科医の来宅を予定していますので遅くとも五時には帰宅するようにご配意ください。

何卒よろしくお願い申し上げます。

❖第四信＝六月二〇日

昨日はお電話有り難うございました。何時もお世話になります。この一カ月間の状況をご報告し介護の万全をお願い申し上げます。

一、五月一五日〜二五日、誤嚥性肺炎と尿路感染のために「済生会京都府病院」に入院しました（後述）。幸い療養経過は順調で「胃ろう」の造設もしないで帰宅できました。まったくわたしの不注意からの出来事で拙劣な介護を深く反省しています。

二、退院以後、今日までの間は特に食事に気を配り、三食ともお粥とトロミ付きの副菜で、それぞれ「亀田製菓」や「ア・イート」などに注文して調達しています。夕食は「宅配クック」で毎日冷凍なしの弁当を手渡しで配達してもらっています。それでもムセがありますので気がかりです。吸引器は常設していますが、まだ常用していません（筆者注—吸引器は障がい者施策を用い費用の一割負担で購入）。

三、残念ながら基本的な自立能力は次第に失われ、入れ歯の着脱、食事、排泄など自力ではできません。お薬も粉末状を「薬用ゼリー」にまぶして飲むようにしています。

四、就寝時に唾か痰のせいなのでしょうか、酷《ひど》くむせることがありますので、そのときは睡眠導入剤を飲ませて電動ベッドで上体を四五度くらいに起こしています。そうすると落ち着きます。ベッドの角度は時間の経過によって調節するようにしています。

五、これまでのデイ・ケアは、「朝凪」さんにお世話になっていました。が、入院後の食事変化に対応できないので、話し合いの結果、現在では大山崎町の「なごみの郷」にお世話になっています。ここでは調理師さんが本人の状態にあわせて食事を用意してくださるので助かっています。妻は若い時代に、ここでボランティアをしていました。まだ当時の知り合いもおられて良かったです。

わたしどもは今年八月、偕老《かいろう》六二年になります。

いつなんどき、自然の不意打ちをくらうかもわからない八十路にあって、一日一日を悔いなく生きようとつとめています。皆様のお力添えを心から願ってやみません。

何卒、よろしくお願い申し上げます。

持久・対峙の相聞歌

二〇一二年五月、誤嚥性肺炎と尿路感染で一〇日間ほど「済生会京都府病院」に入院した。このときはごく短期間の入院加療で、もう一度元気をとりもどし、翌六月からはまた、ショートステイを再開している。総じてこの時期は、長い介護生活の相対的安定期ともいえる「順風」時代だった。

たしかに、試行錯誤の介護が軌道に乗るまでは時間もかかったし、トラブルも少なくなかった。明日の見えない在宅介護の日々だった。だが、二四時間共生の濃密な日々は幸福だった。

嚥下の不安はあったが、まだ口からの飲食もあった。一週間二日のデイサービス、月一回の二泊三日のショートステイも順調だった。それは小さな息抜きだったが長丁場をささえてくれた。また、一カ月一回のかかりつけ主治医「すずき内科クリニック」診察の介護タクシーでの往復は小さな〝ドライブ〟だった。

それは、まさしく持久・対峙の相聞歌の日々だった。

笑顔の秘密

　ほとんど毎日、早朝介助に来る若いヘルパーさんは、「お母さんの笑顔にはかえってこちらが励まされます」という。また、宮崎看護師の二〇一四年の年賀状には、「お母さんの笑顔に励まされています」とあった。八五歳の誕生記念日に、デイサービス「なごみの郷スタッフ一同」から寄せられたリーフにも、「これからもステキな笑顔を見せてください」とあった。さらに、後の家族葬の折り、甥の有田達夫から送られた弔電にも「オバサマノ　シマネニ　コラレタトキノ　エガオハ　ケッシテ　ワスレテ　イマセン」と書いていた。

　それほど、妻の笑顔は素晴らしかった。

　ともあれ、誰であれ笑顔は楽しく美しいにきまっている。

　だが、健常者が不治の難病とたたかい続ける人の笑顔に励まされるとはどういうことなのか。そこにはどのような秘密がかくれているのだろうか。

　以前のように起床したい。が、一人では起きたくも起きられない。

以前のように歩きたい。が、伝い歩きもできなくなった。

以前のように話したい。が、言葉が出てこない。

以前のように人目のないトイレがしたい……。

すべて、他力依存でなければ生きていけないもどかしさ。悲しみと自棄、崩れゆくプライド。焦燥と悲哀、苦痛と寂寥《せきりょう》。いやでも受忍しなければ生きてはいけない過酷な現実、これほど無慈悲で残酷なことがあるだろうか。

人は試練の坩堝のなかで昇華をとげて安心立命の境地に至る。「安心」とは心が落ち着き心配のないこと、「立命」とは天がおのれに与えたものを全うするの意味。安心立命はこの二語が結びついて生まれた禅語である。要は一切を天命に任せて心のみだれのないことをいう。

顔にはその人の人生が凝縮している。

顔は人生そのものなのだ。

顔はその人の精神状況を正直に映し出している。

安心立命の心境は独特の笑顔をつくる。

安心立命の境地にある人の笑顔、例えてみれば、それは深い悲しみの沼に咲いた蓮の花である。

難病とたたかう人の顔は、普通なら寂しい顔、我慢の顔、焦りの顔、怒りの顔のはず。だから人々は、安心立命の笑顔からショックをうけるのだ。

「ああ！　この人は苦しみのなかでこんなに優しく笑っている。健常の自分が負けてはいられない」と、励ましをうけるのだ。人はそのような笑顔に接するときにあらためて自分を振り返る。ここにこそ、闘病者の笑顔の語る秘密がある。

「戦友」の歌

わが家での在宅介護は週に五日だった。

日課のない平日は、会話がないだけに余計に長く感じた。そんなときは、寝室前の小さな庭の季節の移ろいを見つめながら小さな声で歌って過ごした。歌は「故郷」に「赤とんぼ」、「母さんの歌」や「夕焼け小焼け」や「赤い靴」などと雑多だった。「戦友」もレパートリーの一つだった。

「戦友」は一五番まである長い歌だ。この歌は一九〇五年、まだ日露戦争が続いているときに作られた歌で作詞者の真下飛泉《ましもひせん》は京都・丹後《たんご》の人である。戦友を失った兵士の哀愁を切々と歌いあげる歌詞と哀切な曲が共感をよんで長く歌い継がれてきている。軍歌だという人もあるが戦時中は禁歌になっていた。

わたしたちは、戦後日本の「対米従属・財界奉仕」の悪政に異議をとなえつづけ、「憲法を暮らしの中に生かす」ためにたたかい続けた無二の「戦友」である。だから、なぜかこの歌には親密感がある。

11　肩を抱いては口癖に　どうせ命はないものよ
　　死んだら骨を頼むぞと　言い交わしたる二人仲♪

12　思いもよらず我一人　不思議に命永らえて
　　赤い夕日の満州に　友の塚穴掘ろうとは♪

と、歌っていると不甲斐ないが熱いものがこみあげてくる。

事実、まるで健康優良児を絵にしたような人だった。だから、わたしはこの人に看取ってもらって逝くのだとすっかり安心していた。そして何回となく、もしもあの世というものがあったら「また一緒になろうね」と言い交わしたこともあった。ほんとうに「思いもよらず我一人、不思議に命永らえ」て、難病に苦しむ「戦友」の介護とは夢想もしない運命だった。

難病の「戦友」は、ときに寝付きがわるくて苦しむことがあった。そんなとき、わたしは昔、優しい母が背中を小さくたたきながら歌ってくれた子守歌を思い出した。

そして、病妻の背中を小さなリズムで打ちながら、

　ネンネンコロリヨ　オコロリヨ
　バアチャンノオモリハ　ドコイッタ
　アノヤマコエテ　サト　イッタ
　サトノミヤゲニ　ナニ　モロタ
　デンデンタイコニ　ショウノフエ

と、小さく歌いながらまどろみを誘っていた。なぜかいつも涙がこぼれた。

ヘルパー真面目《しんめんぼく》

「お母さんがね、〈ご苦労かけるね〉と言ってくれたよ」

と、はずんだ声は早朝七時に来る介助の若いヘルパーさん。

在宅介護満四年、もの言わぬ日々だが、本人にはちゃんとわかっているのだ。

「週間闘病計画」の関係者は、針灸、リハビリなどの専門職の他に純ヘルパーが若い人は三〇代、いちばん年配で七〇歳だった。彼女たちは雨の日も風の日も、トイレやお風呂や食事の介助に専念してくれた。

長年接しているとお互いに気心も知れて十人十色の識別ができるようになった。なかにはとほうもなく時間に正確な人もいれば、五分、一〇分の遅刻など平気な専門職の人もいた。定刻にキチンとあらわれるヘルパーさんは、なにごとにつけても律儀で正確な人が多い。また、被介護者の声なき声をくみとる温かい介助もあれば、逆に、機械的で場当たり的なひどい介護もあった。その分水嶺は、難渋する人生の先輩に対する真の敬愛か、それともビジネス風かである。ビジネスには情愛がない。情愛のない介護は機械的で乾いている。

それは、トイレの介助にもっとも鮮明にあらわれた。

排泄は人間の基本的な営みである。人は、それをひそやかな営みにして生きている。被介護者本人は、「ちょっと、そこのドア閉めてちょうだい」と言いたくても言えない。本人の気持ちを考えるヘルパーさんは、便器に腰掛けたらトイレのドアを閉めて用が終わるまで外で静かに待機していた。そこにはヘルパーならではの思いやりが感じられた。

トイレにこんな掲示をしたこともあった。

ヘルパーさんにお願い

ご苦労様です。
そのパッドの装着大丈夫でしょうか。
もう一度確かめてください。
洩れると余分の仕事ができますし、
何よりも本人が悲しい思いをしています。
よろしくお願い申し上げます。

亭主敬白

この掲示はあまり効果はなかった。三カ月ほどで撤去した。

肝心なことは、何よりも本人が悲しい思いをしない介助である。それは、まず自分だったらどうして欲しいか／欲しくないかを考えるところからはじまる。何よりも本人の立場に立てば、ズボン・ビショビショはうんと少なくなるはずだ。が、ヘルパーとはまさに「助っ人」のこと、その真面目《しんめんぼく》（「本来の姿、転じて真価」『広辞苑』）が問われつづけていた。

❖ショートステイ「春風」への手紙（二〇一四年度）

この年度の通信は、ただの二通だけである。というのは、二〇一三年度からの相当期間に入院加療などの変事のない日々がつづいたためである。二〇一二年六月から二〇一四年一〇月までといえば、ほぼ二年半である。これこそ、まる六年間に及んだ老々在宅介護の相対的な安定期であった。

❖第一信＝一〇月二〇日

いつもお世話になりありがとうございます。今回もどうかよろしくお願いします。

若干のお願いです。

一、右足小指を負傷しています。右手、右足の硬直化がすすんでいます。そのため昨朝のこと、つきだした足を引っかけて出血したので驚いて手当しました。一九日午前の入浴後にまた手当し直しています。看護師さんに診ていただいて手当方を願います。

二、便秘対策で野菜ジュース、ヨーグルト、それにイージーファイバー（お通じ改善食物繊維）などの運用が効果的です。これまではヨーグルトでご面倒かけてきましたが、今回から野菜ジュースに変更しました。添付のイージーファイバーを混入して飲ませてください。

三、夕食後は歯茎をブラッシングしてください。その後で、添付スポンジに添付「溶液」を浸して口腔を清拭してください。

四、睡眠導入剤を活用してください。神経質ですのではたしてうまく眠れているかどうか心配です。わが家では、眠れないな、と思うと使用していますので……。

ご面倒かけますが、どうかよろしくお願い申し上げます。

❖第二信＝一一月一七日

いつもお世話になりありがとうございます。どうかよろしくお願いします。今回も若干のお願いです。

一、便秘対策で野菜ジュース、ヨーグルト、それにイージーファイバーなどの運用が効果的です。野菜ジュースに添付のイージーファイバーを混入して飲ませてください。

二、夕食後は歯茎をブラッシングしてください。その後で、添付スポンジに添付の「溶液」を浸して口腔を清拭してください。

三、睡眠導入剤を活用してください。神経質ですのではたしてうまく眠れているかどうか心配しています。わが家では、眠れないな、と思うとすぐに使用しています。

ご面倒かけますが、どうかよろしくお願い申し上げます。

生きてしやまむ

『古事記』神武天皇東征説話のなかにある「久米歌」の一節に、「みつみつし久米の子が……我は忘れじ撃ちてしやまむ」とある。

神話の神武天皇は、日向の国をたって瀬戸内海を通って大阪湾から紀伊半島の熊野に上陸、「金鵄《きんし》」に導かれ「まつろわぬものども」を平定しながら、紀元前六六年、大和の橿原の宮で即位する。「撃ちてしやまむ」は、神武天皇の東征途上のたたかいで「敵をやっつけるまでたたかい抜くぞ」と、「恭順しないものたち」を征服する武人の心意気を歌ったものである。

アジア太平洋戦争中は、これが戦意高揚のスローガンとして大々的に使われた。わたしたち二人の幼少期はまさに一九三〇年代。一九三一年の満州事変、一九三七年の日中全面戦争、そして一九四一年にはアジア太平洋戦争と、拡大する戦争に明け、戦争に暮れる日々だった。

「米英撃滅」「欲しがりません勝つまでは」「贅沢は敵だ」「撃ちてし止まん」「壁に耳あり障子に目あり」「一億一心火の玉だ」などの氾濫するスローガンが体内にくいこんでいた。

当時の軍国少年、少女たちの胸の中には、いまだにこのスローガンが澱《おり》のように沈殿している。齢《よわい》重ねて、老々在宅介護のきびしい日々。いまや孤老の胸のうちには、「撃ちてしやまむ」が「生きてしやまむ」となって息づいている。

脳梗塞の発症

持久・対峙の相聞歌の日々は長くは続かなかった。それは順調な在宅介護の急変だった。二〇一四年一二月八日朝のことだった。「今日は太平洋戦争が始まった日だよ。あの日の朝のこと覚えてる?」などと話しかけても様子が変だった。

いつものように車椅子を押して食卓についた。が、急に嚥下がむずかしく激しく咳きこんだ。血圧を測ってみると、なんと上が一八〇で下が九〇と文字どおりの異常だった。が、それでも「頑張って食べんとアカンゾ」などと言いながら、時間をかけてバナナジュース少量と、それに薬も飲んだりして様子を見ようとかまえていた。そして、なんとか二日間ほど頑張っていた。

三日目の朝になってようやく決断、かかりつけ医の「すずき内科クリニック」経由で「済生会京都府病院」の救急に受診、その結果は即時入院となった。検査・診断の結果は「脳橋梗塞《のうきょうこうそく》」の発症だった。右脳と左脳をつないでいる梁があって梗塞はそこでおきていた。主治医は二年半前に入院したときの信田《しのだ》みすみ医長だった。

「二年半もよく頑張りましたね。なかなかできないことです。梗塞が大きければ命にかかわるところでした」

と、介護の労をねぎらってくれた。

素人介護の悲しさである。すぐに病院にいくべきところをサボってしまって取り返しのつかない結果を招いてしまった。これは後から仕入れた知識だが、脳梗塞は時間とのたたかいだという。脳梗塞がおこると数分後には脳細胞が壊死《えし》（体の組織や細胞が局部的に死ぬこと）し始める。時間が経てば経つほどダメージが広がり後遺症も大きくなる。したがって、後遺症を少しでも軽くするためには一刻も早く医療機関の診断を受けて治療をはじめなければならない。血圧の異変を軽視して大事を引きおこした自責の念はいつまでも消えなかった。まさに介護者失格もいいところだった。

尊厳死の「宣言」

人間は食べたり飲んだりできなくなると生きていけない。

飲食ができなくなれば、寿命がつきたのだから、あとは自然に死の道を選ぶというのは、一般論としては至極当然に思える。七〇歳も後半を過ぎると多くの友人が逝くようになった。概して大酒飲みと煙草吸いが早いようだ。

ともあれ、一〇人いれば一〇通りの生と死があった。

わたしたちも、延命措置で苦しまないで何とか安らかに眠りたい、人間らしく死んでいきたい……と、いろいろと話し合っていた。八〇歳の坂を越えてから、その願望はいよいよ切実性を帯びてきた。そして発病の年の四月、まるで予期していたかのようにつぎのような文書を書いて署名、捺印している。

【尊厳死の宣言】

私たちは、この傷病が不治であり、且つ、死期が迫っている場合に備えて、家族、縁者ならびに医療に携わってくださる方々に次のお願いをいたします。

一、私の傷病が、現在の医学では不治であり、すでに死期が迫っていると診断された場合には、いたずらに死期を引き延ばすための措置は一切しないでください。
二、但し、私の苦痛を和らげる処置は最大限にしてください。たとえば、麻薬などの副作用で死ぬ時期が早まったとしても一向にかまいません。
三、私が数カ月以上にわたっていわゆる植物状態に陥ったときは、一切の生命維持装置をとりやめてください。
以上、私たちの要望を忠実に果たしてくださった方々に深く感謝申し上げます。また、その方々が私たちの要望に従ってくださった行為一切の責任は私たち自身にあることを確認します。
二〇一〇年四月二七日
有田光雄（印）
有田和子（印）

この「宣言」は、「尊厳死協会」に提出したものではなくて、いざというときの覚書的なもので、「もしか」のときの判断基準を定めたようなものだった。在宅介護四年目に遭遇した緊急事態に対処するわたしの脳裏には、「死期を引き延ばすための措置は一切しないで」の文字が大写しになっていた。

「胃ろう」の決断

幸い、梗塞は小さくて生命の危機は去った。

少量の重湯やジュースを嚥下し、月光のような笑顔がもどってきた。が、点滴と鼻管チューブの栄養補給の姿は痛々しかった。一週間ほどしてから、主治医から「胃ろう」（お腹に穴を開けて胃に管を入れ水分や栄養をとる方法）の提案があった。

このまま終末にむけての過酷なカウントダウンに耐えるか。

それとも「胃ろう」をつけて、なお生命の可能性にかけるか。

重い決断を迫られた。

わたしたちの「尊厳死の宣言」は、いっさいの延命措置を拒否する決意を述べていた。

結論は容易でなかった。二日二晩、悩み抜いた。それは〝一〇〇万トン〟の決断だった。

わたしに「胃ろう」の選択をさせたのは、鼻管チューブの辛い環境の中でも消えない笑顔だった。月光のような笑顔が何かを訴えているように思えた。

「パパに任せてね」

と、「胃ろう」の手術にふみ切ったのは、三日後の一二月二二日だった。「手術中」の赤文字の部屋の前で終わりを待った。三〇分ほどの手術でお腹に管をつけて帰ってきた。それからの毎日は、「胃ろう」使いこなしの勉強に明け暮れた。文字どおりの〝八〇の手習い〟だった。


こんどの決断と、わたしたちの「宣言」はどのように関係するのか? 正直なところ、「宣言」を作成したときには、「胃ろう」をふくむ一切の延命措置は想定していなかった。ともかく自然体での往生を期待してのことで、何にしろ生体にメスをいれること一切お断りが本音だった。その点では、「パパなにやってんの、言ってることと違うじゃないの」と、叱責、非難されても仕方がないように思えた。だが、たとえ「傷病」は「不治」であっても、「死期が迫っている」ようには見えなかった。この分だとまだ生きられる、生きて欲しい、との願望は切実だった。そして〝清水の舞台〟を飛び降りた。

老化現象の進展もあって容体は容易ではなかった。が、結局「胃ろう」手術の実施で一年半の延命となった。とはいえ、一切が終わってしまった現時点では、「ほんとうにこれが故人にとって幸せだったのだろうか」と考えこんでしまう。正直なところ看取る側のエゴが勝ったのではなかったのかと、にわかに結論をだせそうもない。

介護の新段階

結局、正月をはさんで四〇日間の入院だった。正月の病院暮らしなど二人の生涯初めての経験だった。二〇一五年一月一八日退院した。退院の日から、「胃ろう」の管理・活用という医療行為が加わっての緊張の日々が訪れた。

在宅介護の新しい段階だった。まず、もう一度口から飲食するたたかいだった。

脳橋梗塞は咽喉の筋肉を緊縮しているので、嚥下が困難になっている。はじめは半固形の経腸栄養剤の「ラコール」（一袋＝三〇〇グラム）を三食ともに使用した。

一週間ほどしてから、吹田《すいた》市の大阪大学歯学部の付属病院で半日がかりの検査をうけた。そして特別な器具はなくても嚥下機能は大丈夫、との診断だった。大いに自信を得て三食嚥下の挑戦をはじめた。その甲斐あって日ならずして口からの飲食が回復した。

朝食は、もう四〇年前から常食にしているバナナジュースと特製の「らくらくパン」一枚。このパンは嚥下用に開発されたもので大助かりだった。

昼食や夕食は、「とろとろお粥」に、卵豆腐や鯛味噌、海苔、それにマグロやカレイの煮こごりなどと多彩なメニュー。そして三時のおやつにはプリンやアイスクリームなど。材料を調えるのに一苦労だったが、それでも「オイシイヨ」と言ってくれると、そんな苦労など屁のかっぱだった。こうして嚥下と「胃ろう」両方での食生活がはじまった。「胃ろう」のほうはもっぱらお茶とかお薬のような流動物の摂取に活用した。

人間、上から入れると下から出さねばならない。運動不足のためか、便秘がひどい。

「お父さん、良いうんちが出たよ」

と、今朝のヘルパーさん。

「へー、一週間も出てないんで、昨日の朝、思い切って摘便したばかりなんだけど、よかったね」

摘便行為はヘルパーには許されていない。が、家族にはできる。指先にオリーブ油などを塗って肛門に挿入して糞を掻き出す作業である。便秘で苦しむ姿を見ているよりも勇を鼓しての摘便挑戦だった。初めは恐る恐るだった。が、回を重ねてうまくできるようになった。

かつて、下剤ばかり使ったために衣類の汚染で困った経験から、「胃ろう」から湯茶と一緒に、朝はオリゴ糖、夜はビフィズス菌などを入れて便通をはかった。その効果だったかもしれない。すっきりした顔を見るとほんとうにホッとした。

それは、まだ三寒四温の三月のある日のことだった。

車椅子ひとつ挟む間隔で並んでいる対面《といめん》のベッドから、わたしのほうをじっと見つめている笑顔に気づいた。そのとき、つくづくと生還の道をえらんで良かったと思った。もしもあのときの決断がなかったら、今ごろは抜け殻のような老人が一人暮らしの無聊《ぶりょう》をかこっていたに違いない。ともあれ、新しい段階のきびしいが平凡な日々がつづいていた。

大病院ハシゴ体験

一月はいぬる、二月は逃げる、三月は去る――あっというまに春が来て、異常気象としかいいようのない酷暑の夏も無事に乗り切って、やがて涼風の立つ初秋の季節が来た。

二〇一五年九月四日、事態は暗転した。

デイサービス中の午前一〇時頃から嘔吐のくり返し、かかりつけ医の判断で、こんどは京都市西京区山麓の「京都桂《かつら》病院」に救急・搬送されて即時入院となった。これまで何度も入院実績のある「済生会京都府病院」と異なる病院選択は、この病院の神経内科実績に期待してのことだった。

診察結果は「脳梗塞（小脳・脳幹）」。

入院後一週間ほどしても連日のように三七〜八度の発熱がつづいた。

主治医は、「熱発には三つの原因が考えられる。一つは肺炎。二つは唾液の降下不順。いま一つが尿関係の不全で、今後もこうした熱発はくりかえされて、梗塞再発の可能性もある」などと説明した。が、熱についての対策は何もしなかった。それでもわたしは、氷枕や「熱さまシート」などで一生懸命に抵抗した。が、一向に効き目はなく途方にくれた。どうにも解熱しないままに退院を決断、九月二四日に家までの介護タクシーを走らせた。このままでは在宅看護でもいっしょだと考えたからである。

ところが、退院三日目の夜中の一時頃だった。

見ると、三八度五分のひどい熱と痰で、肩で息をしていた。驚いて、頓服を飲ませたり、なれない手つきでポータブル吸引器を操作したりして何とか急場をしのいだ。が、容体は軽視できないと判断、かかりつけ医の鈴木ドクターの往診を要請。「薬を変えてこのまま在宅看護をつづけるか、それとも再入院するか」の選択を迫られた。

一考の結果、九月二八日夕刻、「済生会京都府病院」に再入院した。はからずも大病院のハシゴ体験になった。

幸い、主治医は二〇一二年五月の入院以来お世話になっている信田みすみ医長で、診察の結果は「誤嚥性肺炎」だった。

緊急措置の結果、入院翌日の早朝に三八度二分あった熱は午前一一時には平熱になり肩で息をするような状態もなくなった。ヤレヤレ、ホッと一息ついた。それでも午後からの主治医の説明は、

「誤嚥性肺炎でここ一週間が山です。重症です」

とのことだった。

ここでの治療は四〇日間つづいた。わたしたちが主治医はじめ廊下いっぱいの看護師さんたちに見送られて帰宅したのは、二〇一五年一一月一六日午後だった。死線を越えて、

再び珠玉の日々が帰ってきた。

　はからずも二つの病院をハシゴして病院にもいろいろあることを経験した。それは、低医療費政策の重圧を患者へのしわ寄せで乗り切ろうとするのか、それとも患者に寄り添いながら立ち向かうのか、基本的姿勢の違いからくるものと考えられた。できるだけ病院はえらんだほうが良い、これが入院ハシゴ体験からの切実な感想だった。

家族会議

　それは、「胃ろう」をつけるかどうかの決断（一五五ページ参照）につぐ、悩ましい問題だった。退院当時は喀痰《かくたん》の排出がすごくて、頻繁《ひんぱん》に吸引しなければならなかった。だが抗生物質処方のお陰で数日後には落ち着いてきて、咽喉《いんこう》のゴロゴロもなくなった。

　すでに年を越して三カ月、二月の寒い日も吸引なしに過ごしてきた。が、主治医から提案された「気管切開」については家族間の意見の一致をみる必要があった。それは、本来の気道口である口もしくは鼻孔とは別に、新たに喉仏の下に穴をあけて呼吸を確保する手術である。喀痰の吸引が口と鼻孔の二通り必要になって、かなり苦痛が伴う場合もあるという。

家族会議は、電話参加の美智子姉をふくめて四人。

この文書は会議にあわせて作成したもので、美智子姉の意見も含まれている。当日はたいした論議もなしに、この方針でいくことを確認した。

二〇一五年一二月一五日

二人の息子たちへ

有田光雄

闘病すでに五年目の暮れを迎える。

ママの今後について意見を述べて賛意を得たい。

一、ママはよくたたかってきた。だが、現状は残念ながら――

①自力での飲食、自力での排泄が不可能になってきている。

②毎晩のように滝のような発汗。

③両手足の拘縮《こうしゅく》。

④喀痰の自力排出ができない。

⑤笑顔の消失。
など、如何ともしがたいものがある。
二、人間誰にも終焉がある。ただ、少し長いか、少し短いかの違いがあるだけだ。
三、従って、これ以上の延命措置は行なわないで自然に委ねたい。
四、もしもいま口がきけたら、ママも、
「長いあいだありがとう。満足しています。
これ以上の負担はかけないで自然に任せて頂戴」
と、言うに違いない。
五、どうか、六六年間連れ添ってきた夫たるわたしの断腸の決断を理解してもらいたい。

以上

もはや、何のためらいもなかった。「気管切開」の手術は行なわないで「自然に任せる」との判断は「尊厳死の宣言」（一五二ページ参照）からすれば至極当然の結論だった。

目は心の窓

「目は口ほどに物を言う」――よく知られた諺である。目は心の窓、何もしゃべらなくてもいい。目には表情があり、言葉にできなくても目の表情で気持ちは伝わるものだ。

それは、退院してからまだ三日目のことだった。手伝いに来ていた孫の有田由希が「おばあちゃん、猿も木から……あとなに？」と聞いたら、「オチル」とこたえた。

これは大きな波を描いて起伏する瞬間的精神現象だったかもしれない。が、それでもまだ以心伝心の世界にいる事実を示している。

会話のない一日は長い。ときに気分転換をはかって、

「有田和子さん、パパですヨ。六六年間いっしょに生きてきました。これからも頑張って生きていきましょうね」

と、少しおどけながら話しかけると、かすかに表情がゆるんでくる。長い長い共生の記憶は心の底深くに生きているのだ。

毎週火曜日に訪れる宮崎看護師は、「在宅療養手帳」の二〇一六年三月八日付けに書い

ている。これは二人ともに熱発して闘病数日後のことである。

ご主人の体調が今ひとつ思わしくなく心配されています。ご主人が室内をうろうろされていると、ずーと目で追い続けておられます。ご本人もまだ本調子ではなく表情もぼんやり。だが、胸のほうは痰もなく両肺もクリアでした。

何にもしゃべらなくても、わたしには「パパ、どこにも行かないでそばにいてね。いつも苦労かけてゴメンね。体は大丈夫？　無理しないでね。しんどいけど、わたしも頑張るからね」などと、いつものように優しく語る声なき声がよーく聞こえていた。

耐えて生きる

命は飲食からだ。はたして、「胃ろう」からの人口栄養の補給を飲食と呼べるのかどうか。それでもここに命の再生産がかかっている。

毎朝わたしの起床は六時、土曜、日曜、盆も正月もない。「今朝は微熱があるし、ちょっと寝ていたい」なんて贅沢は許されない。二人ともに、二〜三日、三八〜九度の熱がつづいている時でも、一日も休まないで洗濯物を干している姿を想像できるだろうか。

「胃ろう」の準備と自分の食事準備を終える早朝七時にはヘルパーさん来宅、移動リフトで車椅子に移乗してベッドからリビングに移動する。

カテーテルをつないで、まずは「経口補給水」四〇〇CCの注入が約一時間。それが終わると薬剤の注入。それから、最近「胃ろう」用に開発された加圧パックで、経腸用半《けいちょうようはん》固形剤《こけいざい》「ラコール」（三〇〇グラム）の注入が約一五分。これが「食事」についやす全部の時間だ。

ほんのついこの間まで、「美味しいか?」と問えば、「オイシイヨ」と、答えていた。いまはまったくの無言・無反応だ。

嚥下のない「食事」では、朝・夕二回の口腔清拭《こうこうせいしき》の作業が欠かせない。唾液《だえき》が変質、上《うわ》顎《あご》から咽喉奥《いんこうおく》まで膜状にはりついて、放置すると気道を閉鎖してしまうからだ。しかもこれは雑菌の塊だ。そこでまず、ケア用ゼリーを口腔全体に塗って湿らせる。ついでポータブル吸引機に吸入歯ブラシを装着、舌根や咽喉奥や上顎をゴシゴシ。終わりにもう一度、「タンパク分解型除菌水」を口腔全体に塗布。そして、ウェットケアをスプレーでシュッ。

このようにして、日ごとの命の再生産をつづけてきた。

だが、悲しいかな、体重は減り続けている。五〇肩や更年期障害など無縁に生きてきた人。小柄ながら豊満な肉体の所有者だった人。その人がまるで、草加煎餅《そうかせんべい》のようにやせ細ってしまった。こけ落ちた両頬。尖った「おがら」のように硬直した両足を見るとキリキリと胸が痛んだ。

それでも天はなお生きよと命じている。いまなお業苦《ごうく》の試練の中にあっても泣き言一つ聞いたことがなかった。とかく落ち込みのはげしい高齢者とも思えない精神の強靭である。

とはいえ、身体の自由を失ってしまったいま、他人の手を借りることなしに生きることはできない。若い頃は「地球を蹴って歩いている」と言われてきた人が、オムツの取り替えで下半身丸出し、右にゴロリ、左にゴロリと、揺すられながら耐えている姿はほんとうに見るにたえなかった。

ヘルパーさんの作業の重さを思えば何も文句は言えない。だが、中にはむきだしの下半身を無残に照らす蛍光灯を、そっとタオルでさえぎってくれているヘルパーさんもいる。そんなときには何故か心底、ホッとしたものである。たしかに耐えることもたたかいなのだ。

❖ショートステイ「春風」への手紙（二〇一五年度）

八十路を往く男に在宅介護はきびしい試練の日々だった。「要介護5」での高齢者の在宅介護は、たいてい病院とか施設入りが多いと聞いている。だが、わたしは病院や施設入りなど一切考えたことはなかった。在宅介護はきびしくてもそれが生き甲斐だったからである。とはいえ、寧日《ねいじつ》なき介護はまさに妥協なきたたかいの日々である。だから二泊三日のショートステイは貴重な息抜きだった。同時に、いつかはかならず訪れる「沈黙の日々」にむけての訓練でもあった。

❖第一信＝二月一六日

お世話になります。入院加療のためにご無沙汰でした。その後の模様についてお知らせします。どうかよろしくお願いします。

【経過】

一、二〇一四年一二月一〇日、「脳橋梗塞」で入院、二〇一五年一月一八日に退院。梗塞が大きければ死に至るところ幸いにも小さくて四〇日ぶりに生還しました。

二、笑顔もあり、嚥下もゼロでない状況のもと熟慮の末に決断して「胃ろう」造設に踏み切りました。

【お願い】

一、「胃ろう」から、朝＝三〇〇CC、昼＝二〇〇CC、夜＝三〇〇CCの「湯茶」を注入してます。便通改善のための「イージーファイバー」を朝・夕、添付の大匙一杯分を混入してください。

二、わが家では、「ラコール」は朝食時のみ、昼と夜はミキサー食にしています。食事時間四五分間をめどに傾眠あれば直ちに中止してください。なお「ラコール」は使用前に四二度程度の温湯で温めると効果的です。

三、空匙の運用＝氷をいれたコップに匙を入れて冷やしておいて口に入れると動き出します。食の促進に効果的です。

四、「胃ろう」の器具は一回ごとに消毒液につけてください。消毒液は一日ごとに取り替えてください。消毒液錠剤を三個同封しています。

五、「ラコール」はとりあえず三個入れました。が、必要なら電話してください。すぐに持参します。

六、入れ歯の装着の際には「ポリグリップ」を使用して密着させてください。

七、入院中、四〇日間の寝かせきりのため立位力を失いました。それで便器の使用ができなくなっています。そのつもりでお願いします。

八、睡眠中に、「胃ろう」に触って出血したこともありました。それで活力ある左手に白い指枕（小さな円筒形のお握り）を握らせています。ともかく「胃ろう」に触らないように留意してください。また、清潔にしていつも乾いた状態にしてください。

九、寝付きが悪いと「胃ろう」に触る可能性が高くなります。寝付きが悪いようだと睡眠導入剤を使用してください。わが家でも時々使用しています。

一〇、洗髪の後は持参の整髪料でととのえてください。ボサボサの髪では哀れです。いろいろお願いしてご苦労をおかけします。率直なところ、これまでにはボロボロの印象で帰宅したこともありました。ショートステイが愉快な三日間になるようにくれぐれもよろしくお願い申し上げます。

❖第二信＝三月二三日

退院後、「胃ろう」をつけてのショートステイを心配していました。が、どうやら無事に乗り切ることができました。ありがとうございます。

【お願い】

一、この一カ月間も、三食ともに口からの摂取でラコールは全然使っていません。

二、「胃ろう」から、朝＝三〇〇CC、昼＝二〇〇CC、夜＝三〇〇CCと「湯茶」を注入します。朝か夜のときに一回、便通改善の「イージーファイバー」を添付の大匙に一杯混入してください。

三、「胃ろう」の器具は一回ごとに消毒液につけてください。消毒液は一日ごとに取り替えてください。消毒液剤を同封しています。

四、入院中、四〇日間の寝かせきりのため立位力を失いました。それで、便器の使用ができなくなっています。デイサービス「なごみの郷」での排泄作業を参考にしてください。念のために浣腸剤一個を同封しておきます。

五、「胃ろう」に触れないように、活力ある左手に白い指枕を握らせています。万一の場合には、持参のYガーゼ（端に切り込みを入れたガーゼ）にガングレーション（特製ローション）を塗布して保護してください。

六、寝付きが悪いようだと睡眠導入剤を使用してください。

七、洗髪の後は持参の整髪料でととのえてください。ボサボサの髪では哀れです。
今回もまた、いろいろお願いしてご苦労をおかけします。愉快な三日間になるよう、くれぐれもよろしくお願い申し上げます。

❖第三信＝四月二〇日

あっという間に桜が散って緑の季節となりました。いつもお世話様になりありがとうございます。月一回、二泊三日のショートステイは介護者のわたしのスタミナ充電の貴重な時間ですが、折に触れ「いまごろはどうしているかな？」と思わないときはありません。

　これまでも、ヨレヨレの印象で帰宅したことがなかったわけではありません。が、先月の帰宅状況は最悪でした。この際、思い切って退所をとも考えました。が、その後、反省会が行なわれたとのことで、もう一度、「春風」の介護に期待して頑張ってみたいと考え直しました。この「事件〈註〉」が改革・改善のチャンスともなればと大いに期待しています。

　他の動物には介護行為はありません。介護は人間だけの行為です。介護こそ人間の証明です。温かい人間らしい介護か、それとも、事務的な冷たい介護か、まさに人間の真価が問われています。その点では、介護現場こそは人間的錬成の真剣道場なのかもしれません。

二〇一五年五月二日、有田和子は八六歳の誕生日を迎えます。ちょうどメーデーの数と同じ歳月を生きてきました。敗戦直後からの長い長い人生です。不幸にも夢想だにしなかった難病にとりつかれ、在宅介護の日々を明け暮れしてきました。この間、「春風」のショートステイにどれほど助けられたことでしょう。

いま、「胃ろう」をつけての困難な生活を、「生きてるうちは頑張らんとなあ」と多くの人々に助けられながら生きています。幸いこの一カ月間ほどは三食とも口からの栄養剤は一切使用しないできました。

現在の最大の懸案は排泄の問題です。最近もういちど便器に座って用を足させたいと考えてポータブルトイレに座らせてみました。が、右半身不随と立位力喪失のために結局はダメでした。便器の使用はできません。デイサービス「なごみの郷」での排泄作業を参考にしてください。今回も浣腸剤を一個持参します。

今回もまた、いろいろお願いしてご苦労をおかけします。どうか愉快な三日間になりますよう、くれぐれもよろしくお願い申し上げます。

〈註〉事件とは、三月のショートステイから帰宅の際のできごとである。三寒四温で、この日の帰宅時にはことさら寒気がきびしかった。ところが、車から降りた姿は折角もたせていたマフラーもしていないし、チョッキも着ていない、おまけに上着の前ボタンは外れたまま、という惨状だった。いったいどんな介護なのかと怒りがこみあげ、断固抗議した。わたしの抗議をうけて担当職員の反省会が行なわれた。

❖第四信＝五月一八日

いつも、お世話様になりありがとうございます。三月帰宅の際のトラブルに関わる「苦情」処理文書を拝見しました。「苦情」を矮小化しないで、このように全体の問題にして教訓を明らかにする姿勢に共感しています。

「施設内にいると外の気温がわかりにくい」との意見は、だから高齢者を寒風にさらしても仕方がない、とでも言いたいのでしょうか。こうした事務的介護の克服なしには、真の人間的介護はできません。当然にも、会議では、このような誤った姿勢を批判すると同時に、「高齢者への認識や配慮」の欠如を指摘し、「初心に帰れ」と強調されています。このような的確な自己批判から真の改革と進歩がうまれるものと信じます。どうか、今回の事案を一つの踏み台にされ、新たな前進を開始されるように期待しています。

五月一四日、四カ月ぶりに「胃ろう」の付け替えを行ないました。今度のはバルーン式でカテーテルも新規になりました。幸い、今では「胃ろう」は湯茶とお薬のときに利用するだけで、三食とも口からの摂取で生活しています。最大の懸案は、排泄の問題です。腸のせん動弱化で排泄物が一カ所に滞留するために水分が失われて硬直化し自然排便が困難になっています。摘便や浣腸に頼る場合が多くなりました。その点、デイサービス「なごみの郷」での排泄作業を参考にしてください。今回も浣腸剤一個を持参しています。

なお、持参の——

⦿イージーファイバー（二回分）＝毎朝の湯茶に混入してください。

⦿オリゴ糖（二回分）＝毎夕の湯茶に混入してください。

今回もまた、いろいろとご苦労をおかけします。どうか愉快な二泊三日となりますよう、くれぐれもよろしくお願い申し上げます。

❖第五信＝六月二二日

いつも、お世話様です。ありがとうございます。みなさんのおかげで長丁場を頑張ってこれました。わけても、「春風」さんでの二泊三日のショートステイは心身ともにリフレッシュの貴重な活力源です。

たった三日ほどの「別離」ですが、車椅子でも傾眠するようになりましたので、「今ごろどうしているかなぁ」と案じないときはありません。それが先月のように明るい表情で帰宅してくれると、「よかったなぁ」と心底ホッとします。

「胃ろう」の付け替え第一回は五月一四日、第二回は六月一六日で、これからは毎月一回のペースで付け替えします。前便でも申しましたが、幸い、今では「胃ろう」は湯茶とお薬のときに利用するだけで三食ともに口からの摂取で生活しています。有り難いことです。

依然として、最大の懸案は排泄です。

何とか摘便や浣腸に頼らないで自然排便できるようにといろいろ考えています。

⊙最近は、一日の「湯茶」は、朝＝三五〇ＣＣ、昼＝二五〇ＣＣ、夕＝三五〇ＣＣにしています。

⦿オリゴ糖（二回分持参）＝毎夕の湯茶に混入。

⦿ビフィズス菌（二回分持参）＝毎朝の湯茶に混入。

そのためか、最近では自然排便が多くなりました。今回も浣腸剤一個を持参しています。

ついで、就寝時の問題ですが、咳き込みが激しいときはベッドの頭角度を一八〜二〇度にすると落ち着いています。なお、入眠困難と見られるときは睡眠導入剤を飲ませています。御所でもご配慮ください。なにもかも他力なしには生きていけない身上ですが懸命に生きています。今回も、どうか愉快な日々となりますよう、くれぐれもよろしくお願い申し上げます。

在宅介護の〝消灯ラッパ〟

在宅介護もついに〝消灯ラッパ〟のときがきた。

二〇一六年六月一九日（日）午後四時一五分。

懸命の介護も空しく、畏友の妻は八七歳の生涯を閉じた。わたしは八〇余年の半生で大小のショックを経験してきた。とはいえ、今回のそれは耐えがたい苦痛だった。奔騰する激情のなかで、何故か、少年の頃に聞いた〝消灯ラッパ〟が鳴り響いた。

シンペイサンハ　カワイヤノ〜（新兵さんは可哀やの〜）

マタ　ネテ　ナクノカヨ〜（また寝て泣くのかよ〜）

哀愁せつせつの〝消灯ラッパ〟は、このように聞こえる。

敗戦の年（一九四五年）、一五歳のわたしは海軍士官になる夢を抱いて瀬戸内海の大島商船学校で学んでいた。きびしい軍隊的規律のもと、午後九時の消灯ラッパが鳴ると空き腹をかかえて寝台にもぐる。二段ベッドの下で、まわりに聞こえないように母が送ってくれた炒り豆をツバキで湿して一粒ずつ噛んだ。そしてウサギ追いしかの山、コブナ釣りしかの川、なつかしい父母の顔、家の間取りや友だちのことなど次から次と追想しながら涙を流していた。

いままた、それから七一年目の初夏。老いた心耳《しんじ》に〝消灯ラッパ〟が鳴り響く。

シンブツサンハ　カナシヤノ〜（新仏さんは悲しやの〜）

ワタシモイキタイナ〜（わたしも逝きたいな〜）

と、聞こえて来るが、こんどのラッパには音色がない。ただただ虚ろな胸の中を蝉時雨のように吹き抜けていった。往事茫々《おうじぼうぼう》、まさに一場《いちじょう》の夢だった。

苦闘の日々

二〇一五年一一月に「済生会京都府病院」から退院、翌一六年六月に七度目の入院をしている。この間ほぼ半年の日々が流れている。それは文字どおり懸命の闘病に明け暮れる日々だった。

次の数字を見て欲しい。

二〇一五年一一月二七日、四七・〇キログラム

二〇一六年一月四日、四五・〇キログラム

二月一日、四四・〇キログラム

三月七日、四二・〇キログラム

四月一日、四〇・〇キログラム

五月二日、三九・六キログラム

六月三日、三七・八キログラム

これは、六度目の退院から死去にいたる間の体重の変化である。
数字は、まさに壮絶な闘病経過を物語っている。

❖ショートステイ「春風」への手紙（二〇一六年度）

何としてもあと一年、米寿を迎えた妻をみんなで囲みたい。お世話になった皆さんやヘルパーさんたちを招いて盛大なお祝いをしたい、と考えていた。ほんとうに「生きてしやまむ」と一生懸命だった。が、無慈悲な自然の不意打ちにはとうとう勝てなかった。正直なところ、まだまだ大丈夫と思っていた。だから、死去の前月までもショートステイへの「手紙」がつづくことになったのである。

❖第一信＝一月一八日

本年もよろしくお願いします。お陰さまで今年の六月には老々介護も七年目に入ります。これも、ひとえに「春風」はじめ皆さんの献身的奉仕と人間愛のたまものと深く感謝しています。

有田和子は「この一週間が山」と告知されていた三度目の誤嚥性肺炎から、「奇跡」

の生還を遂げました。が、これまでとは異なる困難とたたかいながら懸命に生きています。満身創痍、それでも天はなお生きよと命じています。

自力での喀痰排出ができません。主治医からは、「気管切開」の手術をすすめられました。が、家族会議（一六二ページ参照）で「これ以上の延命措置は行なわないで自然に任せる」と結論していて手術は行ないません。

新段階のショートステイにあたり、改めてお願いごとを列記します。

一、両手足の拘縮で衣服の着脱が困難です。自宅では着替えなしでパジャマのまま生活しています。上に羽織る物を同梱します。ご考慮ください。

二、自力での飲食、自力での排泄が不可能です。飲食はすべて「胃ろう」からの注入です。

①栄養剤「ラコール」七食分、持参しています。

②湯茶の量は一回当たり三五〇ＣＣでお願いします。なお一日一回持参のビフィズス菌一袋を混入してください。

③排泄は、週間二回「なごみの郷」のデイサービスで「摘便」していただいて解決しています。御所でも適宜の「摘便」をお願いします。

三、退院後すでに二カ月を経ますが、連日、深夜から早朝、上半身に「滝のような発汗」が続いています。一日として乾いて起床したことはありません。
①就寝に際しては防水シーツを敷き、その上にタオルケットを重ねてベッドの汚染を防止してください。
②就寝に際しては胸にタオルを広げて当ててください。発汗は早ければ午前一～二時頃、遅ければ午前四時～五時頃です。胸の汗を拭いて乾いたタオルと取り替えてください。本人は微動もできませんので顔の汗も拭いてください。タオル一〇枚ほど持参しています。
③拘縮している左腕の発汗が特にひどいので、就寝の際に腕にタオルを巻いてください。これは朝まで取り替えていません。
④発汗時には、アイスノンか水枕をタオルに包んであてがってください。
四、一月前から、左体側を中心にひどい「湿疹」に悩まされてきました。朝夕二回持参の塗り薬を塗布してください。
五、喀痰の排出は一大事に直結する可能性があります。午後一一時～午前一時～三時～五時と吸引措置を行なったこともあります。幸い最近はずっと安定していて咽喉のゴロゴロもないので吸引していません。

万一のときには、持参のカテーテルで喀痰を除去するようお願いします。なお、持参のカテーテルは口中の痰を除去する特殊構造になっていて便利です。

今回もまた、楽しい表情で帰宅してくれるようにと念じながら送り出します。くれぐれもよろしくお願い申し上げます。

❖第二信＝二月一五日
ご苦労さまです。今回もまたよろしくお願いします。

誤嚥性肺炎と二度目の脳梗塞と闘病、九死に一生を得て、昨年一一月一六日に退院、早くも三カ月経ちました。言葉を失い、味覚を失い、笑いを失い、何もかも失った今、それでも健気に凛として生きています。

二人にとっての珠玉のような日々が続いています。ときに、「有田和子さん、有田光雄です。六六年間、一緒に暮らしてきました。これからも頑張って生きていきましょうね」と、話しかけると表情が緩みます。

新段階、二回目のショートステイにあたり問題点を報告します。

第一は、やはり自力での排泄不可能の問題です。これは、月・金の週二回「なごみの郷」のデイサービスで「摘便」していただいて解決しています。

①二月もすでに二週間経っています。「在宅療養手帳」の記述によると——

二月一日、入浴前に摘便で母指大二個。

五日、母指頭大の硬便が両手に一杯。

八日、粘土便が両手に一杯。

一二日、便は手に触れず。

と、書いてあります。

②六日の朝・夕から処方の「酸化マグネシュウム〇・三」を服用しました。そのため「硬便」から「粘土便」に変化したものと思います。このような状況をご考慮の上、御所での適切な対応をお願いいたします。

第二の大きな問題は、発汗です。ときに昼間に大量の発汗で慌てて衣服を替えることもあります。が、主要には深夜から早朝にかけて大量発汗が続いています。現代医学もこの艱苦《かんく》を解決できません。が、最近は朝夕の薬剤量の調節によって朝四〜五時頃にずれてきています。この点については、前便お願いのように対処してください。

第三に最大の不安要因の喀痰排出は落ち着いてきています。咽喉のゴロゴロはありませんので吸引はしていません。

今回もまた、ゆったりの表情で帰宅してくれるようにと心から念じながら送り出します。くれぐれもよろしくお願い申し上げます。

❖第三信＝四月一八日

前略、また、新段階三回目のショートステイをお世話になります。

昨年秋の退院から、早くも五カ月ほとんど何もかも失った今、それでも懸命に生きています。二人にとっては珠玉のような濃密な日々です。

最近の状況を報告、かつ、お願い申し上げます。
一、口腔清拭《こうこうせいしき》の問題です。
　嚥下のない「食事」では、朝・夕二回の口腔清拭の作業が欠かせません。嚥下のない口腔では、唾液が変質、上顎《うわあご》から咽喉奥《いんこうおく》まで膜状にはりついて、放置すると気道を閉鎖してしまうからです。これは雑菌の塊です。そこでまず、ケア用ゼリーを口腔全体に塗って湿らせる。ついで、ポータブル吸引機に吸入歯ブラシを装着、舌根《ぜっこん》や咽喉奥や上顎をゴシゴシ。終わりに「タンパク分解型除菌水」を口腔に塗布。そしてウェットケアをスプレーでシュッ。これが現在のわたしのやり方です。御所でもご検討の上で善処方お願いします。

二、次に大きな問題は、発汗です。

この一カ月間、大量発汗が続いています。早いときは午後一一時頃から、遅いときでも午前二時頃には発汗しています。わたしは一晩に二〜三回上半身をタオルで拭いています。一日として乾いて起床したことはありません。現代医学でも解決できないので耐えるしかありません。御所でも以前お願いしたように対処してください。

三、最後に排泄の問題です。

①デイサービスの「在宅療養手帳」には、「摘便」しても大便には「触れず」と書いてあります。が、浣腸すると「うずら卵」大の「硬便」数個がでてきました。

②浣腸剤一個、持参しています。ご使用ご判断ください。

くれぐれもよろしくお願い申し上げます。

❖第四信＝五月二三日

前略、老々在宅介護の新段階、四回目のショートステイでお世話になります。刺激のない在宅生活ではほとんど眠っています。現在の最大の問題は、体重が月々二キロずつ減っていて、退院時四七キロが五月には四〇キロを切りました。主治医も承知ですが、いかんともしがたいです。悲しい現実に耐えながら一生懸命に生きていかねばなりません。

基本的には、前回と同じ内容になります。

改めて最近の状況を報告、かつ、お願い申し上げます。

一、口腔清拭の問題です。

デイサービスの「在宅療養手帳」の記載では、「入所時に口腔清拭」とあります。が、デイの日は朝の清拭を「サボ」るためでしょうか、夕刻四時に帰宅したときは、もう舌根や咽喉奥はザラザラとすごいです。

御所には歯科衛生士さんがおられると聞きましたので安心しています。

ジェル＋吸引歯ブラシ＋除菌水（要冷蔵）を持参しています。ショートステイ三日間の口腔清拭をよろしくお願いします。

二、次に大きな問題は、発汗です。
前便と同じくです。
三、最後に排泄の問題です。
①デイサービスの「在宅療養手帳」には、「摘便」しても大便には「触れず」と書いてあります。
②五月二〇日のデイでは久しぶりの浣腸でした。硬便一塊が出たので少し安心しました。
③今回は浣腸剤を二個持参しています。
懸命のお世話様には深謝しています。
今回もまた、よろしくお願い申し上げます。

最後のショートステイ

最後のショートステイは、五月二三日からの三日間だった。「在宅療養手帳」は、ショートステイ「春風」での三日間を書いている。

5月23日（月）

本日、入所されました。バイタル面お変わりありません。日中は居室にて無理なくお過ごしでした。午後に歯科衛生士に口腔内を診てもらっています。乾燥が強く保湿ジェルをした後、スポンジブラシで優しくケアしたほうが良いとのことでした。明日、再度、歯科衛生士による口腔ケア実施予定となっています。

5月24日（火）

奥の咽頭部《いんとうぶ》まで瑕疵《かし》ありました。保湿してケアしています。右側頬粘膜《ほおねんまく》の傷は良くなっています。歯ブラシとスポンジブラシを使用しました。バイタル面はお変わりありません。

昨夕の注入前と今朝の注入後に発汗みられ更衣していただいております。午後に入浴されました。日中、お変わりなくゆっくりお過ごしでした。

5月25日（水）

昨日、肛門に便が出かけていましたので摘便しました。多量の有形便摘出しました。注入トラブルなく終了しています。「胃ろう」部のガーゼ交換しています。朝から体温三七・六度ありクーリング、室温、掛け物の調整の結果、三六・八度に解熱しました。

午後二時半、口腔ケアしました。吸引ブラシ使用しました。粘膜が弱く傷つきやすいため短時間でやめスポンジブラシとガーゼでケアしました。夜間の○時と五時頃に発汗みられ更衣しました。日中は一二時前にも発汗みられ更衣しています。バイタル面では、午前に発熱ありましたが、クーリングにて解熱しました。お部屋にてゆっくりお過ごしでした。本日、春風退所となります。ご利用ありがとうございました。

ここには死去一カ月前の深刻な闘病生活が描かれている。まだ死が近いなどとは思っていなかったにしても、どうしてこんなときにショートステイに行かせたのか、深い悔恨となっている。

七度目の入院

「在宅療養手帳」五月二四日付けには「奥の咽頭部まで瑕疵《かし》がありました」と書いてある。〝犯人〟は看護人の有田光雄だ。一生懸命なのだが、わたしの不器用な看護にどれだけ迷惑したことだろうか。こんなになっても、まだショートステイに送った身勝手が深い悔恨となっている。

また、流汗淋漓《りゅうかんりんり》の業苦《ごうく》からもついに解放できなかった。六月に入ってから、かかりつけ医の指示で湯茶一回四〇〇CCから一挙に七〇〇CCに増やしてからは排尿量も倍になったが、汗のほうも倍になった。早いときは、もう寝についた直後から深夜一時〜三時頃まで、まるで川にはまったような汗だった。腹部や胸にタオルをあてておいて拭くのだが、背中のほうはパジャマを換えないとどうしようもない。それは、わたし一人ではできないから、早朝七時にヘルパーさんが来るまで辛抱させねばならなかった。ほんとうに辛かった。

六月に入ると、夜間の就寝も困難になった。終夜のうなり声を喀痰のしわざと誤断して吸引作業に徹夜して白々と明けた。素人の悲しさ、どうしてうなり声が出てくるのかはっいにわからなかった。異常としかいいようがなかった。

仕方がないから、もう一度「済生会病院」に入院して経過観察してもらうことにした。六月八日に七度目の入院をした。信田主治医から手交された「入院診療計画書」には――

「症状」＝発汗

「治療計画」＝安静および経過観察のための入院
「推定の入院期間」＝二週間
「その他」＝身体的苦痛の緩和、安全・安楽への支援
と、あった。

緊急退院

「血中の酸素濃度が八〇前後で推移、これは生存の限界値です。このままでは生きられません」「人工呼吸にすれば何とかなりますが……」

二〇一六年六月一六日午後二時頃だったか。担当医の呼び出し、第一声だった。

「気管切開すれば生存可能です」

「これ以上の延命措置は望みません」「これはもう、危篤ということですか？」

「そうです。危篤です」

大急ぎで、東京の長男一家に危篤情報の伝達。参議院議員の有田芳生は「とことん現場主義」をモットーに活躍してきた。とりわけ、ヘイトスピーチ（差別の扇動）を根絶する

「ヘイトスピーチ解消法」では、全会一致の成立に大きな役割を果たした。与党幹部を動かした母親譲りの親和力はさすがであった。折から、二期目挑戦の公示直前だったが、その夜、枕頭に駆けつけた。

一七日午前、急きょ、家族会議をひらく。

「このままつづけるか、退院して家に連れ帰るかどうか」

病院側も加わって知恵を貸してくれた。

「もし、退院するなら今のときをおいてありません」

この一言で、わたしは決断した。

「そうだ、一刻も早く連れて帰ろう。おくるなら家でおくろう」

それからバタバタと退院作業。そこは福祉専門家の次男、有田和生のてきぱきした段取りでほんの短い時間の慌ただしい退院。いつの間に用意してくれたのか、ナースセンターの看護師さんたちから千羽鶴のプレゼント。

ベテランの和田課長や福永看護師、それに訪問看護ステーション「ふれあい」の金森所長や宮崎看護師らの錚々《そうそう》たるメンバー同伴で退院・帰宅した。

患者本人おなじみのベッドに横たえ、酸素吸入やブドウ糖の点滴など、あっというまの看護環境の整備だった。さすが玄人集団ならではの手際よさはありがたいことだった。
それから、終夜の一家あげての看取りだった。再々の喀痰吸引が必要だった。咽喉部の柔らかい粘膜が破れていた。そのため、鼻孔から挿入する吸引パイプからの喀痰は血まみれだった。宮崎看護師がこのときの状況を「在宅療養手帳」に書いている。

病院から退院されてきました。
酸素　設置され７＋７＝14リットル
ＳＰ０２　60～70％前後　ＢＰ１０４／６０
アーアーと呼吸されています。鼻腔より血液まじりの痰、多量に吸引されました。
オムツ内多量に尿あり（６／17）

これが「在宅療養手帳」最後の記述となった。

旅立ちの刻《とき》

二〇一六年六月一九日の朝、わたしの顔を大きな目を見開いて、まじまじと見つめていた。その眼差しは普通でなかった。闘病六年、かつてなかったことだった。後で考えるとそれが文字どおりの今生の別れだった。

午前一〇時頃だったろうか。山口県周南市に独居の美智子姉が病床を訪れた。姉は九二歳の高齢で、嫁の恵子につれられての久々の来宅だった。

「姉さん、頭なでてやって」

姉は耳元に口をつけて、

「カコちゃん!! 姉ちゃんだよ!!

カコちゃん!! 姉ちゃんがきたんだよ。

先に逝ったらダメだよ。順番でないといけないよ」

と、叫ぶようにくり返していた。正午頃だったろうか、姉にも最後を看取って欲しかった。が、猫のことが気になってか、どうしても日帰りするという。

「姉ちゃん、帰るからね」

するると、閉じた目尻に涙がにじんだ。仲良し姉妹の今生の別れだった。

それからまた、時間が流れた。

「お父さん　早く来て！　なんだか様子が変よ」

書斎でパソコンを覗いていたわたしに、嫁の晴子が慌ただしく告げたのが午後三時半頃。

酸素計測器を見ると数値は五〇台にまで下がっていた。文字どおりの危篤状態だった。わたしは、妻の体を抱いて懸命に背中をさすったり、耳元に口をつけて、

「頑張って!!　一人で逝ったらダメだよ！　わたしもすぐに逝くからね」

などと、まさに滅裂、半狂乱。もはやどうすることもできなかった。

午後四時一五分、わたしの腕の中で静かに息を引き取った。

そのときだった。不思議なことにほんの一瞬だったが、あの美しい笑顔がよみがえったのである。それは娘時代そのままの、あの優しい優しい笑顔だった。

かくして、わたしの唯一の宝物は、紫陽花咲き乱れるわが家から遠く旅立っていった。

わたしの頭は真っ白だった。

かかりつけ医の鈴木ドクターが駆けつけてくれたのは四時四〇分頃か。

「ご臨終です」と、告げた。日頃は寡黙な先生が、

「わたしの経験では、かつてこのような介護は見たことがありません。ほんとうに長いあいだよく頑張りました」

と、述べられた。

慟哭《どうこく》の時が流れた。

美智子姉は山陽新幹線徳山駅を降りて妹の旅立ちを知った。「カミナリが落ちたような衝撃で夕食も喉をこさない」ありさまだったと述懐している。

在宅介護六年を終えて

遠く、戦後も間もない激動の時期に縁あって夫婦になって以来、一貫して「異常な対米従属」と「異常な財界中心」政治に異議を唱えつづけてきた。二人のたたかいの人生は貧乏暇なしの時間に追われる明け暮れだった。だから、いつかは二人いっしょに二四時間ゆっくりと暮らしてみたい、と願っていた。それが八〇歳の坂を越えてからきびしい老々在宅介護の姿でやっと実現した。

「要介護５」の過酷な暮らし。だが、六年におよぶ在宅介護の間には二年半もの相対的な安定期に恵まれもした。まるで毎日スタンプを押すように変化のない明け暮れだった。だが目での「会話」にしろ最後まで濃密な心の交流があった。たとえ車椅子でも寝たきりでも、いつまでも続いて欲しい「珠玉のような日々」があった。だが、自然の不意打ちには勝てなかった。あらためて、在宅介護六年を終えてからの思いを綴っておきたい。

老々在宅介護の六年間には七回の入退院生活があった。
第一回、二〇一〇年六月＝「京大病院」神経内科、三〇日間（検査入院）
第二回、二〇一一年七月＝「新河端病院」一〇日間（第二腰椎圧迫骨折）
第三回、二〇一二年五月＝「済生会京都府病院」一〇日間（誤嚥性肺炎）
第四回、二〇一四年一二月＝「済生会京都府病院」四〇日間（脳橋梗塞）
第五回、二〇一五年九月＝「京都桂病院」二〇日間（脳梗塞＝小脳・脳幹）
第六回、二〇一五年九月＝「済生会京都府病院」四九日間（誤嚥性肺炎）
第七回、二〇一六年六月＝「済生会京都府病院」九日間（経過観察）

全部あわせると一六八日間の病院生活だった。わたしは、どの病院でも朝から晩までベッド脇に張りついて暮らしていた。「済生会京都府病院」で親しくなった若い看護師さんが病室に顔をだしたとたんに、「有田さん、大丈夫だからわたしたちにまかせてよ。はよ、お帰り」と、気遣ってくれるようなこともあった。

わたしが毎日ベッド脇についていた最大の理由、それは何よりも病人の力づけである。六〇余年、文字どおり苦楽をともにした人間がそばに居るほど心強いことはないと思ったからだ。

いま一つは、音楽のもっている癒やしの力を利用するためだった。良い音楽には命の力がある。ただ、ぼーと寝ているよりも、懐かしい童謡や唱歌を聞いているほうがいいにきまっている。目があいているときは、「ｉＰｏｄ」のイヤホンを耳にさしこみ、眠ったなと見れば外す、これも大事な仕事だった。

〝延長戦〟はそれだけではなかった。

第一、多忙な看護師さんに「お化粧」の仕事はない。だから、わたしが代わって毎朝、顔を拭きローションをパックし眉毛を描いたり髪を梳《す》いたり、爪を切ったりとか、けっこう忙しかった。

第二に、看護師さんや理学療法士さんのリハビリの助っ人である。お昼、「胃ろう」からの経腸栄養剤の注入や散歩の車椅子押し、あるいは、リハビリの両膝屈伸のお手伝いなど、いくらでも仕事があった。

毎日夕方になると、「もう晩になるから今日はこれで帰るね。明日また早く来るからね」と、病院をあとにした。はるか、七〇年ほど前にも同じような別れがあった。その時とよく似ていた。ただ、デートの別れには「明日への希望」があった。しかし病院の別れは「夕陽の哀愁」でしかない。いつでも後ろ髪引かれながら足取り重く灯りのないわが家をめざしたものだった。

「ひとりじゃない」

六年間の在宅介護でのいちばん大きな問題は、介護の明日が見えなかったことである。病気の根治は不可能だし、単なる対症療法のつみかさねだけに希望などあるはずがない。正直な話、ときに「いっそ、一足お先に逝けたらどんなに楽か」などと考えたことも一度ではなかった。そんなときに、不甲斐ないわたしを支えてくれたのは「お前さん一人ではない、仲間がいるよ」の呼びかけだった。

厚労省発表でも、いまや在宅介護者三人に一人は夫や息子の男性介護者である。すでにその数、一〇〇万人を大きく超え、働きながら介護する人は三〇〇万人を超える時代である。その男性介護者たちを組織する「男性介護者と支援者の全国ネットワーク」が発足したのは二〇〇九年三月のことで、わたしが参加したのは在宅介護直後の二〇一〇年秋のことだった。

「ひとりじゃない。生きる勇気がわいてきた」と書いた「通信」掲載の「会員からのお便り」にはさまざまな介護情報が満載されていた。それを読むと、過酷な介護に苦労しているのは自分一人ではない、みんな頑張っている、負けてはいられないと闘志が湧いた。

「男性介護者と支援者の全国ネットワーク」は、創立の年から『男性介護者一〇〇万人へのメッセージ―男性介護体験記』（クリエイツかもがわ）全五巻を編集・発行している。

わたしの文章も第三集から第五集までに投稿・掲載された。
◆「共生・介護の体験記」（二〇一二年）
◆「介護三年生の宿題」（二〇一三年）
◆「一生懸命生きてます」（二〇一四年）
介護体験集への投稿は自分の介護体験も聞いてもらいたい、仲間の介護体験から学びたい、そんな気持ちを満足させてくれていた。体験記シリーズは第五集をもってひとまず休刊している。が、これから介護にとりくむ人々には文字どおりのバイブル集といえる。

最期のプレゼント

「われながらよく働くなあ。自分でも褒めてやりたい」

毎月早朝の二回、燃えないゴミの集積場に往復しながら思うことしばしばだった。冬場はまだ星がでている時間、集積所で会うのは、たいてい若い女性ばかり。人間八〇歳をこえると、隠居暮らしでノンビリといきたいものだ。だが、わたしにはなお、きびしい試練の日々が待っていた。

とかく、介護と言えば一方的サービスの提供のように聞こえる。たしかにそういう面も否定できない。しかし、懸命の介護の日々は、犠牲的奉仕の負担も孤独の闇もすべてを生き甲斐に転化してしまうから不思議だった。犬や猫はともかく猿にも介護の営みはない。介護こそは人間の証明であり矜持（プライド）である。

たしかに六年間の在宅介護は得がたい財産をもたらしてくれた。

第一に、なんといってもわたしの健康と長寿である。有名、無名の友人たちの多くはとっくに鬼籍に入ってしまった。八〇歳の坂を越えて進むのは容易なことではないのだ。だが、わたしは「この人をおくるまでは絶対に倒れてはならない」と、つよい決意で好きな般若湯《はんにゃとう》（アルコール）も自主規制して、規則正しい生活に明け暮れてきた。おそらく、こうした暮らしがなかったら、わたしの長生、長寿はなかったに違いない。

第二に、わたし自身の変化・発展である。人間、いくつになっても進歩するものなのか、在宅介護六年での精神面の進歩は小さくなかった。以心伝心の世界では、心で聞く心耳が必要だし、事実をありのままに見る柔軟な視点が大切になる。だから、わたしの聞く耳は大きくなったし、他人をみる目もやわらかくなった。また、頑固はやめて異なる意見にもしっかり耳を傾けるようにもなった。

第三に、一人でも生きてゆける智恵と力である。わたしは、二〇一八年二月に米寿を迎えた。まさか自分が米寿の独居老人になろうとは夢想もしなかった。今はなにもかも自分でして、夜が来て朝が来て、一日中黙っていることも珍しくない。電話もないし、こちらからかける用事もない。おそらく、在宅介護に鍛えられる以前ならとても耐えられなかったに違いない。ただごととも思えない孤独感だが、いまのわたしは挫けることなくたたかいつづけている。

六年間の老々在宅介護がもたらした三つの財産、これこそ、まさしく畏友の妻からの最期のプレゼントと心得る。

無名戦士の墓に眠る妻――「あとがき」にかえて

二〇一七年二月二〇日。

かねて、日本共産党・京都府委員会からの推薦手続きが完了、日本国民救援会から「第七〇回解放運動無名戦士合葬追悼会」の通知が届いた。

それからの毎日は、「久しぶりに東京に行こうね。大好きだったママちゃん（妻・和子の実母、安東菊野）が待っている無名戦士の墓に入ろうね」と、遺影に語りかけていた。

故人は京都府長岡京市の「柳谷聖苑」のお墓に両親とともに眠っている。それなのに何故にまた、「無名戦士の墓」なのか？　結婚しそうもない孫たちでは「柳谷聖苑」の墓守は展望に欠けている。が、「無名戦士の墓」は解放運動とともに不滅・永遠である。

老躯、足下不如意の東京は不安がないとは言えなかった。一時は、息子に代役を頼もうか、とも考えた。が、きっと、故人もそれでは納得しないに違いない、だから、たとえ地を這ってでも上京しようと決意した。

無名戦士の墓（東京・青山霊園）

三月一八日、遺影を胸に久方ぶりに東京の土を踏んだ。出迎えの長男・有田芳生一家に支えられて定刻三〇分前には無事に青山斎場に到着した。

「無名戦士の墓」の由来

日本国民救援会主催の「解放運動無名戦士合葬追悼会」は、日本社会の進歩と革新をめざして活動し、生涯を終えた人々を追悼・顕彰し、その遺志を受けついで活動することを誓うと同時に、遺族の激励を目的に行なわれてきた。

東京・青山霊園にある「無名戦士の墓」は、戦前「細井和喜蔵遺志会」によって建立された。一九二〇年代の後半、京都丹後出身の作家・細井和喜蔵が当時の紡績工場で働く女子労働者の悲惨な状態をルポした『女工哀史』は、ベストセラーとなって版を重ねた。

細井はわずか二七歳の若さで他界した。が、遺骨を葬る墓が無かった。戦前の天皇制警察の激しい弾圧に抗してたたかい、尊い命を失った多くの活動家も細井と同様、墓のない人々が多かった。

細井の友人の藤森成吉（作家）や山崎今朝弥（弁護士）らを中心とした「細井和喜蔵遺志会」は、解放運動に命を捧げた人々の共同の墓を計画した。そして一九三五年三月二八日、官憲の監視の目をくぐって青山霊園の一角に自然石の墓を建立した。細井の遺作の印税が出版元の改造社から寄贈されてその費用にあてられた。特高警察はこの墓に有刺鉄線を張りめぐらし、遺骨の埋葬はおろか花を捧げ、お参りすることさえ禁止した。

戦後、墓碑には「解放運動」の文字が加えられた。この墓を日本国民救援会がゆずりうけ、一九四八年三月一八日、「第一回解放運動犠牲者合葬追悼会」が行なわれた。この合葬追悼会は、全国各地で労働運動や女性運動、青年運動、中小企業の営業と権利を守る運動、農民運動、民主的医療運動、文化運動など様々なジャンルで、社会進歩と革新のために献身した人々を顕彰・追悼する日として盛大に行なわれてきた。第一回以来の合葬者総数はすでに四万五〇〇〇人を超えている。

パリ・コンミューンの日

「解放運動無名戦士合葬追悼会」は毎年三月一八日に開催されている。それはこの日が、人類史上はじめて労働者政権を樹立した一八七一年のパリ・コンミューンの記念日だからである。

一八七〇年七月に普仏戦争が始まる。そして、九月にはナポレオン三世がスダンで降伏しプロシア軍のパリ攻囲戦が開始されている。しかし、首都パリは武装した労働者たちによって守り抜かれた。三月一八日にはパリの労働者たちを主体にする国民軍がパリを制圧し、パリ・コンミューン（自治委員会）が権力を掌握した。コンミューンは立法・行政権をもち既成の軍隊・警察を廃止して役人の特権を全廃した。

労働者の団結・決起の力をおそれたブルジョア政府は、プロシア軍と組んで労働者の武装解除にのりだした。セーヌ川左岸の最重要拠点を守る三五〇〇人のコンミューン防衛部隊は、反革命軍の攻撃を四度にわたって撃退するなど奮戦している。が、一八七一年五月二八日の三六時間に及ぶペール・ラシェーズ墓地での戦闘で敗北、殲滅されるに至った。

「義勇兵の壁」の前で

広大な墓地の東南の一隅に「義勇兵の壁」がある。ここで俘虜となった義勇軍の兵士たち一四七人が銃殺された。

コンミューン壊滅二日後の五月三〇日、ロンドンにあったマルクスは「フランスの内乱」を執筆して、「新社会の光栄ある先駆者として永久にたたえられるであろう。その殉教者たちは労働者階級の偉大な胸の内にまつられている」と述べている。

一九九八年三月二六日、わたしたちは「マルクス・エンゲルスゆかりの地を訪ねる」ツアーでこのペール・ラシェーズ墓地を訪れている。「義勇兵の壁」は高さ二メートルほど、長さもせいぜい五〇メートルほどの石積み壁で「コンミューンの死者のために・28Mai1871」と刻んだ石がはめこんであった。ヒトラーの占領下でもここに花が絶えることはなかったという。折から「義勇兵の壁」の前には、コンミューン戦士たちを偲ぶかのように黄色い花が咲き誇っていた。わたしたちは壁の前に並んでコンミューン戦士たちに遠く思いを馳せ、誓いを新たにしていた。

第七〇回合葬追悼会

二〇一七年三月一八日、「第七〇回解放運動無名戦士合葬追悼会」は東京・青山葬儀所の会場に、全国から遺族はじめ要員ふくめて一〇〇〇人が参加、厳粛かつ盛大に行なわれた。舞台中央には新合葬者の名前と略歴の銅板プレート三二枚が飾られていた。

今回の合葬追悼者は「合葬審査委員会」が確認した労働組合、民主団体、政党、および個人から推薦された人びと一一一一人であった。男性が七九一人（七一・二％）、女性が三二〇人（二八・八％）で、最年少者は二〇歳、最高齢者は一〇七歳である。なお、プレートは式典終了後に「無名戦士の墓」に納めて永久に保存される。

式典は、中央合唱団の「たたかいのためのとむらいのうた」の合唱からはじまった。主催者代表「日本国民救援会」会長の開会挨拶、ついで、参列者全員で黙祷、その後、合葬者一人ずつの名前が読み上げられた。合葬者紹介は、たっぷり一時間をこえる長い時間だった。

「京都府　八三人……」「有田和子、八七歳、獣医師、新婦人大阪東区支部長……」との紹介者の声を確かに聞いた。音の聞こえる右耳だけにもたしかに届いた。

「ああこれで、ほんとうに無名戦士の墓に眠るのだ」と、なんだかホッとした。

ついで、中央合唱団による追悼歌、つづいて日本共産党、全労連、日本婦人団体連合会からの追悼の辞、三九団体からのメッセージ紹介、それから新遺族代表の挨拶などを経て滞りなく終わった。その後、都道府県別の記念写真を撮り墓地に詣で「無名戦士の墓」に菊の花を手向けて三々五々散っていった。

無名戦士の墓と「ママちゃん」

生涯、「ママちゃん」と呼びつづけた和子の生母・安東菊野の合葬は、一九九八年の三月一八日だった。わたしたちにはまるで菩薩様のような存在だった母・菊野の日本共産党入党にはいきさつがあった。

一九七八年一二月、わたしが衆議院京都二区の補欠選挙に立候補してたたかったとき、連日の『赤旗』紙面には、「有田光雄」の文字が乱舞して全国の民主勢力の目が京都に集中した。母はこのとき、居住地の鳥取市上町の家を訪れた日本共産党・鳥取県委員会からの入党勧告に応じたのであった。なにしろ、もう十分に高齢だった母には、党綱領も科学的社会主義も遠い存在だった。が、母にとっては娘夫婦と日本共産党は一つのものだった。それからの国政選挙のたびに、老いた母の一票、二票とかせいで歩く姿があった。

母八五歳のとき、雨戸を繰るのに失敗して大腿骨を骨折、以来、寝たきりとなった。そして五年間の在宅介護の末の大往生だった。

「おばあちゃん！　来たよ！　今度、和子もここにいっしょに入るからね。一九年ぶりだね。ゆっくりと積もる話をしてね」

「ママちゃんと一緒になってもう淋しくないね。わたしも君のぶんまで頑張って、それから、きっとアベ政治にサヨナラして来るからね。それまで辛抱して待っててね」と、墓前に告げて紅白二本の菊を献花してから立ち去った。

合葬追悼会は、たった一泊二日の日程だった。が、それでも何だか長い長い旅をしてきたような錯覚はいったい何故だろうか。たぶん、高齢のための体力減退もあるし、また、「何時でも一人」になってしまった気分的なものもあるのかもしれない。

老残の身にはけっこう強行軍だった。が、やっぱり参加して良かった。気持ちの整理がついたからである。解放運動無名戦士のお墓に別れを告げたとき、

「パパ！　いつまでも凹んでないでたくましく生きてね」

「生きてるうちは頑張ってね」

と、確かに凛とした声が聞こえてきた。

心耳の声はわたしの魂に焼きついて終生消えることはない。

「道はただ一つ」

京都・東山にある清水寺の境内には、

「道はただ一つ　その道をゆく　春　虎三」

と、書いた石碑が建っている。これは一九五〇年春、「反共は戦争前夜の声」の名言とともに登場した蜷川虎三・元京都府知事の記念碑である。「トラさん」の愛称で慕われた蜷川先生は、七期・二八年間を「憲法を暮らしの中に生かす」民主府政をうちたてた、まるで富士山のような大きな人だった。

ながい闘病の末に、ついに旅だっていった妻・和子の道もただ一つだった。和子は蜷川先生のような偉人でも英雄でもない普通の人だった。だが、人類の進歩のために一筋に生きぬいた、平凡だが偉い人だった。身分とかお金とか、並外れた能力とかには無縁でも、他人様に迷惑をかけないでコチコチと我慢つよく生きる人間、それが平凡の偉大さなのだ。

戦前の暗黒時代、きびしい弾圧に獄死した大先輩の市川正一は、日本共産党員になったときからが、「自分の真の時代、真の生活」だと述べている。わたしたちが「真の時代、真の生活」を六六年間もともにできたことに感謝したい。かくて、不屈の人生八七年。理想の旗を高く掲げていつも弱者に寄り添い、春日のような人柄で多くの仲間たちから愛されてきた人。学んでたたかい、たたかって学んだ無私の人。

わたしは和子の生涯を誇りにしたい。和子の遺志をつぎ日本共産党一〇〇周年（二〇二二年七月）を越え、さらに白寿を目指して前進したい。そして、いつの日にか和子と同じ無名戦士の墓にゆっくりと眠りたい。

闘病2年目の秋、参議院の有田芳生事務所を訪ねた時の妻・和子

有田 光雄（ありた・みつお）
1930年島根県生まれ。日本共産党京都府委員会名誉役員。鳥取農林専門学校（現・鳥取大学農学部）を卒業後、農林省に勤務するが、1950年の朝鮮戦争を機にレッドパージされる。全日本自治団体労働組合（自治労）中央執行委員・京都府職員労働組合書記長・京都府労働経済研究所主任研究員・立命館大学非常勤講師・日本共産党京都府委員会副委員長などを務める。
主な著書：『わが青春の断章』（あゆみ出版、1985年、有田和子との共著）、『物語 京都民主府政』（大月書店、1985年）、『自治体労働運動──過去・現在・未来』（労働旬報社、1991年）、『民主経営と労働運動』（同時代社、1997年）、『非営利組織と民主経営論』（かもがわ出版、2000年）ほか多数。

妻を看取る
──老コミュニストの介護体験記

●二〇一八年四月二〇日──────第一刷発行

著 者／有田光雄

発行所／株式会社 高文研
東京都千代田区猿楽町二─一─八
三恵ビル（〒一〇一─〇〇六四）
電話03＝3295＝3415
http://www.koubunken.co.jp

印刷・製本／精文堂印刷株式会社

★万一、乱丁・落丁があったときは、送料当方負担でお取りかえいたします。

ISBN978-4-87498-649-3 C0095